세상을
바꾸는
작은 이야기

지구촌아이들

세상을
바꾸는
작은 이야기

지구촌 아이들

앙헬 부르가스 글 | 이그나시 블란치 그림 | 배상희 옮김

담푸스

'우리집', '우리동네', '우리학교'를 잃은 아이들을 위하여

'보금자리'라는 말은 듣기만 해도 우리의 마음을 편안하게 합니다. 이 말의 사전적인 뜻은 '새가 알을 낳거나 깃들이는 곳. 지내기에 매우 포근하고 아늑한 곳'을 비유적으로 이르는 말이지요. 조금 어려운 말로 하면 '안식처'이고, 쉽게 표현하면 '우리집', '우리동네'라고 할 수도 있습니다.

그래서 우리는, 특히 아이들은 다른 동네로 이사 가거나, 다른 학교로 전학 가는 것을 참 싫어하고, 심지어는 두려워하지요. 그런데 동네나 학교가 아닌 너무도 낯선 나라, 말도 통하지 않거나, 생김새까지 다른 나라로 쫓겨나듯 가서 살아야 한다면 얼마나 불안할까요?

가난이나 전쟁 등 아이들이 감당하기 힘든 문제들로 매일 만나던 친구들과 갑자기 헤어져서 다른 나라로 가야 한다면 어떤 기분일까요? 가족과 헤어져 홀로 거리에서 구걸을 하며 지내야 한다면 어떻게 될까요? 가족의 생계를 위해 어린 나이에 학교에도 가지 못하고 돈을 벌어야 한다면 어떨까요? 아무도 돌봐줄 사람이 없어 거리를 방황해야 한다면 어떻게 해야 할까요? 생각만 해도 슬프고, 끔찍하며, 공포스러운 일이지요.

그런데 놀랍게도 이런 일들은 지금 세계 곳곳에서 날마다 일어나고 있습니다. 우리가 이 가련한 아이들을 어떻게 도울 수 있을까요? 먼 나라에 사는, 이름도 모르는 불행 속의 아이들에게 어떻게 힘이 될 수 있을까요?

〈지구촌 아이들〉에서는 어른들이 만들어낸 문제로 인해 고통 받게 된 어린이들의 이야기를 어린이들의 시선으로 담담하게 풀어내고 있습니다. 많은 어린이가 어른들이 저지른 모순 속에서 굶주림과 가난에 시달리고 있습니다. 하지만 이 책 속의 아이들은 좌절하지 않습니다. 아이들은 희망을 버리지 않고 "지금보다는 좋아질 거야. 우리에게는 미래가 있어."라고 생각하며, 어려움을 극복해 나가고 있습니다. 또 작은 관심과 따뜻한 잠자리가 있다는 것만으로, 가족과 헤어져 살지 않을 수 있다는 것만으로도 삶에 대해 감사하고 있습니다.

우리는 항상 누리고 있는 것들에 대해 당연하게 생각하고 감사하는 마음을 잊고 있습니다. 지금 시원하게 마시는 물 한 컵이나 깨끗하게 씻을 수 있고, 안전하고 편안하게 잠들 수 있는 집이 있다는 사실을 당연하게 생각하고 있지는 않습니까?

우리는 이 책을 읽고 나면 사람들은 왜 서로를 차별하고, 굶주리며 살아야 하는지에 대해서 다시 한 번 생각할 수 있게 됩니다. 그리고 아이들에 대한 작은 관심이 세상을 바꿀 수 있는 '힘'이 될 수 있음을 믿게 될 것입니다.

진정으로 아름다운 사람은 나의 행복만을 위해 땀 흘리는 자가 아닙니다. 힘들고 어려운 사람들이 조금씩 기운을 내어 일어나고 걸어갈 수 있도록 손을 내미는 사람이니까요.

노경실(작가)

사랑하는 독자에게

　'지구촌 작은 이야기들'은 여러분 나이 또래 어린이들과 청소년들
의 이야기예요. 하지만 같은 나이라도 태어나고 자란 곳에 따라 사람
의 인생이 얼마나 달라질 수 있는지 보았을 거예요. 이 책의 글 작가,
그림 작가 선생님은 여러분이 이 책을 통해 세계 어린이들의 살아가
는 모습이 다르고 다양하다는 것을 생각해 보길 바랍니다. 이야기의
주인공들은 대부분 극적인 체험을 하게 되었지만, 여러분도 그들 입
장에서 자신을 바라볼 수 있을 거라 생각합니다.

　부모님이나 선생님들께 이야기 속에 나오는 나라들의 상황에 대해
더 이야기를 들려 달라고 해 보세요. 어떤 사람, 혹은 어떤 집단이 통
치하는지, 어떤 천연자원을 가지고 있는지, 어떤 역사적인 사건 때문
에 어린이들이 이 책에 나온 것처럼 살게 되었는지 말이에요. 또 관
광은 어떤 영향을 미치고, 인도주의단체들은 어떤 역할을 하고 있는
지도 물어보세요.

그 다음 '지하세계의 작은 이야기들'의 주제는 이민입니다. 주인공들은 자기 조국을 떠나 우리나라에 와 있는 사람들이에요. 오늘날 우리나라는 많은 이민자를 받는 나라가 되었어요. 하지만 언젠가 우리나라 사람들도 일자리를 찾아 다른 나라로 떠나던 시절이 있었다는 걸 꼭 기억해야 해요. 우리나라에 막 온 이민자들과 함께 산다는 것이 언제나 쉬운 일은 아니에요. 이건 수업 중에 토론하기에 좋은 주제예요.

예를 들어 이민자들의 권리와 의무에는 어떤 것들이 있는지, 다른 관습과 사고방식을 가진 사회에서 자기 전통과 종교를 어떻게 지킬 수 있는지, 평화롭고 편안하고 품위 있게 더불어 살기 위해 서로 어떠한 노력을 할 수 있는지 말이에요.

우리는 모두 똑같은 권리를 가지고 태어났다는 것을 기억해야 해요. 그런데 여러 상황 때문에 상당히 많은 지구촌 친구들이 배고픔과 폭력, 착취로 고통 받고 있어요. 우리는 인종, 성별, 사회적 지위에 상관없이 모두 똑같아요. 이 점을 조금 생각한다면, 친구들과 앞에서 다룬 문제들에 대해 이야기를 나눈다면, 모든 사람들에게 보다 공정한 세상이 되지 않을까요.

차례

지구촌 작은 이야기들

안케의 보리수나무

안케네 집 창문에서 내다보면
줄기가 가는 보리수나무 한 그루가 보인다. 엄마는 안케에게 아직 어린 나무여서 줄기가 가늘다고 말했다.

예전에 엄마는 이렇게 말한 적이 있다.

"어머, 큰길가에 있는 나무와 똑같은 종류잖아. 일요일마다 아버지와 그 길을 산책했는데."

안케는 엄마와 아빠, 가끔 할머니 할아버지와 함께 상점들과 옛 건물이 빼곡히 들어찬 큰길가를 산책했다. 큰길에는 오페라극장을 비롯한 여러 극장들이 있었고, 예전에는 횃불이 타오르는 궁전

도 있었다. 대리석벽에 큰 글씨가 쓰여 있던 그 궁전에는 밤낮으로 횃불이 타오르고 있었다.

"큰길가의 보리수나무들은 정확히 '보리수나무 아래'라고 불린단다. 나무가 엄청 많기 때문이지. 또 잎은 매우 무성하단다. 큰길가의 보리수나무들은 아빠 엄마 같은 거야. 물론 할머니 할아버지 같은 나무들도 있지! 반대로 창문에서 보이는 보리수나무는 너처럼 어리고 가냘프지."

엄마는 이렇게 말하며 미소지었다.

안케는 집 앞에 있는 나무에게 자기의 이름을 따서 '안케 보리수나무'라고 이름을 붙여 주었다.

안케는 트럭들이 와서 집 앞에 보리수나무를 심기 전에는 벽이 있었다는 것을 기억한다. 안케는 한 손으로 엄마 손을 잡고, 또 다른 한 손으로 벽을 짚고 걸음마를 배웠다. 그곳에는 차가 다니지 않아 뛰어놀 수 있었다. 안케는 매우 어렸지만 또렷이 기억난다. 영원히 끝날 것 같지 않은 기나긴 벽과 그곳에서 놀던 동네친구들.

집 앞에 보리수나무가 심어지기 불과 몇 달 전, 안케는 할머니 할아버지를 만났다. 그때까지 사진으로만 봤을 뿐 할머니나 할아버지를 한 번도 만난 적이 없었다. 엄마는 절대로 할머니 할아버지에 대해 이야기하지 않았다.

"할머니 할아버지는 어디서 살아?"

"아주 먼 곳에 살고 계셔."

안케는 엄마가 할머니 할아버지 이야기를 할 때 슬픈 눈으로 아빠를 본다는 것을 알아차렸다. 안케는 친구 가비 할아버지가 돌아가셨을 때, 안케는 자기 할머니 할아버지도 돌아가셨을지도 모른다고 생각했다. 어쩌면 그래서 엄마 아빠는 할머니 할아버지가 먼 곳에 사신다고 말한다고 생각했다.

언젠가 안케가 물었다.

"엄마, 할머니 할아버지는 돌아가셨어?"

"아가, 아니란다. 살아계셔. 하지만 너무 멀리 계셔서 오실 수 없단다."

안케는 엄마가 언제나처럼 슬픈 눈으로 아빠를 쳐다보는 걸 느꼈다.

"근데 어디 사시는데? 사시는 동네 이름이 뭔데?"

엄마는 안케를 쓰다듬었다.

"샤를로텐부르크. 그게 사시는 곳 이름이야."

할머니와 할아버지는 생일과 성탄절에 안케에게 선물을 보내 주셨다. 샤를로텐부르크의 예쁜 것들, 색색 가지 종이로 포장된 사탕, 그림이 그려진 티셔츠, 실제 여자 아이 같은 인형. 안케의 친구들은 샤를로텐부르크에서 온 인형들을 무척 좋아해서 비슷한 인형을 갖고 싶었지만, 베를린에는 그런 인형을 파는 가게가 없었다. 또 베를린에는 샤를로텐부르크에서 보내온 사탕 같은 것은 없어서 안케는 친구들에게 맛보게 해 주었다.

하루는 학교에서 보거딩 선생님이 독일 지도를 보여 주셨다. 독일이 얼마나 큰지 안케와 반 친구들은 모두 놀랐다.

"하지만 원래는 더 크지! 이 지도에는 독일의 영역 중에서 우리가 사는 쪽만 나와 있거든."

지도 오른쪽 밑에는 DDR이라고 나라 이름이 적혀 있었는데, '독일민주공화국'이라고 선생님이 설명해 주셨다. 선생님이 벽에 걸려 있던 지도를 떼어 내어 돌돌 말려고 할 때, 구석에서 안케가 손을 들었다.

"선생님, 샤를로텐부르크가 어디 있어요?"

선생님은 놀란 듯 안케를 보았다.

"샤를로텐부르크? 샤를로텐부르크에 누가 사는데?"

"우리 할머니 할아버지가 거기 살아요."

안케는 흐뭇해하며 말했다.

"여기서 매우 멀지요?"

안케는 선생님이 미소짓고 있지만, 눈이 엄마처럼 슬퍼 보인다고 생각했다.

"아니란다, 얘야. 그리 멀지 않단다. 샤를로텐부르크는 바로 여기 베를린에 있지!"

안케는 소리쳤다.

"하지만 베를린은 우리 도시잖아요!"

그날 저녁 엄마 아빠는 수수께끼를 풀어 주었다.

"안케야, 선생님 말씀이 옳아. 샤를로텐부르크는 아주 가까워. 바로 코앞에 있단다."

엄마 아빠는 베를린 시가 안케가 태어나기 훨씬 전에 둘로 나뉘어졌다고 설명했다. 전에는 사람이 많이 사는 하나의 큰 도시였다. 그런데 반으로 갈라져 주민 중 일부는 이쪽에 남고, 나머지는 다른 쪽에 남게 되었다. 안케는 이해가 되지 않았다.

"왜 그런 거예요?"

엄마 아빠는 어떻게 설명해야 할지 몰랐다.

"이해하기 힘들 거야. 그 당시 할머니 할아버지는 우리 마을에서 가까운 샤를로텐부르크에 살고 계셨단다. 우리나 할머니 할아버지나 잘못한 게 하나도 없고, 어떤 설명도 듣지 못했지. 어느 날 갑자기 군인들이 와서 단 하룻밤 사이에 우리 집 앞에 있는 이 벽을 세웠어. 그리고 이쪽에 살던 사람들은 더는 절대로 저편으로 건너갈 수 없게 되었어."

안케는 소리쳤다.

"하지만 아주 가깝잖아!"

맞는 말이었다. 집 테라스에서 벽 저편에 있는 집들과 길을 볼 수 있었다. 안케는 자동차와 휘황찬란한 간판들을 보고, 자동차 소음을 들었다. 또 지붕들과 매우 높은 건물들도 보았다. 안케가 사는 도시에서 가장 큰 알렉산더 광장의 하얀 탑만큼은 높지 않았지만…….

아빠가 설명해 주었다.

"할머니 할아버지는 저기 살고 계셔. 하지만 우리도 갈 수 없고 할머니 할아버지도 오실 수 없단다. 정확히 말하면 할머니 할아버지는 가끔 오실 수 있어. 실제로 네가 태어났을 때 오셨거든. 하지만 자주 오실 수는 없지."

벽이 허물어진 날, 안케는 할머니 할아버지가 벽을 넘어 건너오시는 것을 보았다. 엄마 아빠는 말할 수 없이 기뻐했다.

아빠는 기뻐서 펄쩍펄쩍 뛰며 소리쳤다.

"안케! 안케! 이제 벽이 무너졌어!"

할머니 할아버지는 먹을 것을 한 보따리 싸 오셨다. 안케에게 입을 맞추고 엄마 아빠를 부둥켜안고 우셨다. 그러고 나서 모두 함께 산책을 나갔다.

"샤를로텐부르크에 가고 싶어요!"

안케가 소리쳤다.

길고 긴 벽이 무너졌고, 그날 저녁 모두들 줄지어 서로 도시의 다른 쪽을 오갔다. 사람들은 노래 부르고 샴페인으로 축배를 들었다. 우리 가족도 모두 손을 잡고 벽 저편으로 건너가 집 테라스에서 보기만 하던 길을 직접 밟아 보았다. 그리고 걸어서 샤를로텐부르크까지 갔다. 꼭 축제날 같았다!

이제 안케는 열다섯 살이 되었고, 제법 숙녀 티가 난다. 창문 밖 안케 보리수나무를 볼 때면 그때 일들이 떠오른다. 기다란 벽을 부술 때는 군사들이 오지 않았다. 기중기와 굴착기 그리고 매우 친절한 아저씨들이 왔다.

벽이 있던 자리에 산책로가 만들어지고, 보리수나무가 줄줄이 심어졌다. 이제 동네 꼬마들은 산책로 주변에서 놀고, 걸음마를 배우는 데 더는 벽을 필요로 하지 않는다. 아가들은 엄마 아빠가 보는 앞에서 자유롭게 두 손을 벌리고 걸음마를 배운다. 거리에 핀 꽃향기를 맡으며, 베를린 하늘 아래서 조금씩 자라나는 보리수 나무 그늘 아래서.

베치르의 지하동굴집

관광객들은 아빠의 낙타에 올라타고
마을을 한 바퀴 돌아보는 데 5디나르(1디나르는 우리나라 약 740원
정도다.―옮긴이)를 낸다. 우리 중에선 아무도 낙타를 타는 데 그렇
게 많은 돈을 내지 않지만, 관광객들은 낸다. 그래서 아빠는 기분
이 좋다.

내 이름은 베치르고, 마트마타에서 산다. 마트마타는 튀니지의
작은 마을로 언덕 위에 있다. 전에는 마을에 더 많은 사람이 살았
지만, 이제 많은 이웃이 언덕 아래 도로 근처에 새로 만들어진 마
트마타 누베르라는 마을로 이사 갔다. 관광객들은 이곳 언덕 위로

올라오는 것을 더 좋아한다. 호텔도 더 많고, 낙타도 더 많고, 땅
밑에 집들도 있기 때문이다. 하지만 우리 마을에는 병원도 약국도
학교도 없다. 반면 마트마타 누베르에는 모든 것이 있다.

아침마다 아빠는 낙타우리에서 낙타를 몰고 나와 호텔 앞 광장
으로 간다. 버스를 타고 마트마타 누베르에 있는 학교에 가지 않
는 날에는 나도 아빠를 따라 광장으로 나간다.

가는 길에 우리처럼 광장으로 낙타를 몰고 가는 다른 이웃들을
만난다. 이른 시각에도 배낭을 메고 사진기를 든 관광객들이 5디
나르를 내고 마을 한 바퀴를 돌아보기 위해 낙타몰이꾼을 기다리
고 있다.

아빠는 매우 친절하다. 손님들이 낙타에 오르기 전에 꼭 이름을
묻는다. 그들이 말하는 이름도, 무슨 말을 하는지도 못 알아들을
때가 많지만, 아빠는 알겠다는 듯 빙그레 웃는다. 나는 가끔 낙타
등에 어떻게 오르는지 모르는 어린 아이들과 나이 많은 손님들을
도와준다. 그들은 얼마나 비틀거리는지 꼭 떨어질 것만 같다. 낙
타가 일어섰을 때 관광객과 카메라가 땅에 떨어진 적이 어디 한두
번인가! 아빠는 내게 웃음을 참으라고 한다. 우리들도 그 사람 집
에 있는 동물들을 탈 줄 모를 거라면서.

그러면 나는 이렇게 대꾸한다.

"하지만 그 사람들 집에는 동물 같은 건 없을 걸요! 영화에서 본 것처럼 반짝이는 오토바이와 무지 빠른 자동차를 탈 텐데요!"

오늘 아침, 스무 명의 단체 관광객이 광장에서 기다리고 있었다. 그들과 함께 하산 아저씨의 아들 메디르가 있었다. 여러 나라의 말을 할 줄 아는 메디르는 여행 안내원으로 일하고 있다. 메디르는 낙타 열 마리가 필요하다고 했다. 벨기에 관광객들이 낙타한 마리에 두 사람씩 타고 모두 함께 마을을 돌아보고 싶어 한다고 했다. 그러나 당장은 낙타가 일곱 마리뿐이어서, 세 마리를 더 모아야 했다. 아빠는 관광객들에게 십 분만 기다리면 아흐메드 씨와 그의 아들 무스타파, 나기브 씨가 올 거라고 말했다.

메디르가 관광객들에게 아빠 말을 전했다.

"십 분 안에 열 마리가 다 모일 겁니다."

그때 한 부인이 낙타와 함께 있는 아빠와 나의 사진을 찍고 싶어 했다. 그 부인의 남편은 우리와 함께 사진 찍기를 원했고, 우리는 어깨동무를 하고 함께 사진을 찍었다.

아빠가 프랑스 어로 말했다.

"제 이름은 모하메드입니다. 여러분은요?"

부인 이름은 앨리스, 남편은 한스라고 말했다. 그들은 아빠와 내게 1디나르씩 주었다.

"메르시, 마담!" (프랑스 어로 '감사합니다, 부인!'이라는 뜻―옮긴이)

관광객들이 낙타에 오르고 떨어질까 봐 걱정하는 마음이 수그러들자, 메디르는 행진을 시작했다. 아빠는 우리 낙타의 고삐를 끌고, 나는 아빠 옆에서 걸어갔다. 낙타 위에서는 한스 씨와 앨리스 부인이 낙타안장을 꼭 붙잡고 흔들리고 있다. 이렇게 사람들을 잔뜩 태우고 가는 낙타 행렬을 보는 건 얼마나 흥겨운지!

우리는 마트마타 주위를 한 바퀴 돈 후 작은 동산을 올라 하얗게 칠한 돌집 옆을 지나갔다. 메디르는 풍경 사진을 찍기에 안성맞춤인 곳을 알려 주었다. 우리 마을은 바싹 말라 있다. 식물이 거의 자라지 않아 덤불과 야자나무뿐이다. 관광객들은 사막을 좋아한다. 자기 집에 있는 예쁘고 깔끔한 물건들이 그립긴 하겠지만. 내가 관광객들은 왜 우리 마을을 좋아하냐고 묻자 아빠가 이렇게 말해 주었다.

"관광객들은 자기들이 알지 못하는 것을 보기 위해 여행하는 거란다. 가진 것이 거의 없는 우리를 보면서 자신이 누리고 있는 행운에 위안을 받기도 하지."

우리 낙타몰이꾼들이 사는 마을에 도착하자, 메디르는 십 분 동안 멈추고 각자 자기 집으로 관광객들을 데리고 가라고 지시했다. 관광객들은 우리가 어떻게 사는지 보고 싶어 한다. 특히 땅 밑에 있는 집을 궁금해 한다.

몇몇 낙타몰이꾼들은 여름에만 마트마타 토굴집에서 산다. 땅 밑이 시원하기도 하지만, 관광객들을 데리고 와 몇 푼이라도 더 벌 수 있기 때문이다. 하지만 겨울에 날씨가 추워지고 해가 짧아지면, 마트마타 누베르에 있는 아파트로 간다. 하지만 우리 집은 일 년 내내 여기서 산다. 아빠는 저 아랫동네에 아파트를 살 만큼 돈을 많이 모으지 못했기 때문이다.

내가 앨리스 부인과 한스 씨 손을 잡아 주며 낙타에서 내리는 걸 돕는 동안, 아빠는 우리 집에 가서 가족을 만나고 우리가 어떻게 사는지 보게 될 거라고 서툰 프랑스 어로 설명하였다. 나는 우리가 왔다는 걸 엄마에게 알리기 위해 제법 크게 휘파람을 불었다. 할머니를 깨우고, 머리에 터번을 쓸 시간을 벌기 위해서다.

내 동생들 모하메드와 야이사가 우리를 맞으러 문가로 나오고, 엄마와 할머니가 그 뒤를 따른다. 할머니는 사탕수수 지팡이를 짚고 등을 잔뜩 구부린 채 걸어 나왔다. 지팡이가 얼마나 짧막한지 코가 땅에서 세 뼘 정도밖에 떨어져 있지 않았다.

"제 식구들입니다."

아빠가 우리 가족을 소개했다.

벨기에 부부가 우리 가족의 사진을 찍은 후에, 할머니는 토굴집으로 내려가는 돌계단으로 부인의 팔을 잡아끌었다. 벨기에 부부가 한숨 돌릴 만큼 집 안은 무척 시원했다.

할머니는 지팡이를 톡톡 치며 방들을 보여 주었다. 장작을 때는 돌 부뚜막이 있는 부엌, 아이들 방, 침대에 모기장이 쳐진 엄마 아빠 방 그리고 특히 할머니 방. 큼지막한 할머니 방에는 매우 큰 침대와 낡은 흔들의자, 다 마신 주스 곽이 있다. 할머니는 그 주스 곽으로 부채질을 한다.

우리 집은 소박하고, 마을에서 제일 예쁜 집도 아니다. 바위 속을 파고 집을 만들었기 때문에 모든 벽이 돌이다. 엄마는 벨기에 부부의 표정으로 보아 우리집을 별로 좋아하지 않는다는 것을 알아차렸다. 허름하고 불편하기 짝이 없어 보일 테니까.

한스 씨는 얼굴과 손을 헤나(모발이나 콧수염, 손이나 발을 물들이는 풍습에 이용되는 염료—옮긴이)로 물들이고 그림을 그려 넣은 할

머니의 사진을 연신 찍어댔다. 또 남동생 어깨 위에 있는 흰 도마
뱀의 사진도 찍었다.

벨기에 부부에게 팁을 달라고 제일 먼저 손을 내민 건 나다. 바
로 이어 남동생, 할머니, 여동생, 마지막으로 엄마가 손을 내민다.
한스 씨와 앨리스 부인은 주머니와 지갑에서 동전들을 찾아 우리
모두에게 고루 나눠 주려고 애썼다. 할머니는 자기 몫을 챙기자
벨기에 부부에 대한 관심을 딱 끊고 부채질을 하며 할머니 방으로
돌아갔다.

아빠가 벨기에 부부에게 알렸다.

"가야 해요!"

한스 씨와 앨리스 부인은 내 도움을 받아 낙타에 다시 올라탔다.
이웃집들에서 나온 다른 관광객들도 마찬가지로 낙타에 올랐다.
하산 아저씨가 손님들이 낙타에 오르는 걸 도와주며 내게 말을 건
넸다.

"베치르, 수입 짭짤했니?"

"괜찮았어요! 불만 없어요!"

앨리스 부인은 낙타에서 내 머리를 쓰다듬으며 프랑스 어를 할
줄 아냐고 물었다.

"조금요, 앨리스 부인."

"너희 가족을 만나서 무척 기뻤어. 너희가 사는 집을 본 것도 좋았고. 언젠가 브뤼셀에 오면 우리 집을 보여 줄게."

마트마타는 특히 여름에 무척 덥다. 유럽과 미국에는 여기 있는 몇몇 호텔들처럼 집에 에어컨이 있다는 말을 들은 적이 있다. 앨리스 부인 집을 방문하러 브뤼셀에 가기란 하늘에 별 따기라는 걸 알고 있다. 하지만 아빠는 늘 이렇게 말했다. 세상은 언젠가 변한다고. 자기가 결코 할 수 없던 일을 그 자손들은 할 거라고.

나는 부인에게 물었다.

"집에 에어컨 있나요, 앨리스 부인?"

"물론이지! 걱정 마. 네가 우리를 보러 올 때 더워서 고생할 일은 없을 거야."

낙타들이 줄지어 마을을 지나 호텔로 향했다.

바랑키야의 노인과 소년

에프라인 노인은 야자열매가 담긴
광주리를 바닷가에 놓고, 바지를 걷어 올리고 물에 발을 담갔다.
얼마나 시원한지! 노인은 뒤를 돌아 하루 종일 자기를 따라다니던
아이가 자신의 광주리 옆에 자기 광주리를 놓고 바다로 뛰어드는
모습을 지켜보았다. 노인과 아이는 몇 분 동안 아무 말 없이 물에
발을 담근 채 수평선을 바라보았다.

저녁 일곱 시여서 바닷가에는 수영하는 사람이 별로 없었다.

노인이 물었다.

"그런데 너는 어디서 왔지?"

"메데인에서 왔어요."

"맙소사!"

노인이 소리쳤다.

"아주 먼 곳이잖아!"

"맞아요. 거기서 여기까지 꽤 멀어요."

노인은 바로 그날 아침 아이를 발견했다. 아이는 노인의 오두막 문 앞에 버려진 벌레 먹은 나룻배 뒤에서 잠을 자고 있었다. 열 살쯤 된 매우 지저분한 아이였다.

"야, 꼬마야! 우리 집 앞에서 뭐해? 잠잘 곳이 여기밖에 없어? 이 바닷가는 매우 넓다고!"

잠에서 깬 아이는 가방을 들고 달아났다.

"꼬마야!"

노인은 아이를 겁준 것이 마음에 걸려서 아이를 불렀다.

"야, 꼬마, 돌아와! 혼내려고 한 게 아니야!"

그 소리에 아이는 멈추었다. 노인에게서 3미터쯤 떨어져서 얼마 되지 않은 소지품이 든 가방을 움켜쥐었다.

"이리 와, 돌아오라고! 아침 아직 안 먹었지?"

아이는 고개를 끄덕였다.

"녀석, 무서워하지 마. 가까이 와 보라니까. 우리 집에 와서 튀긴 바나나를 먹자."

노인의 집에는 가구가 하나도 없었다. 종이 판지와 비닐로 뒤덮인 사탕수수 벽 한가운데에 해진 이불 하나만 덩그러니 놓여 있었다. 아이는 바닥에 앉아서 노인이 동그랗게 썬 바나나를 프라이팬에서 튀기는 모습을 지켜보았다.

노인은 아이가 쉴 새 없이 집어삼키는 걸 보고 소리쳤다.

"저런! 얼마나 배고팠으면!"

동이 텄다. 노인은 해가 뜨면 자리에서 일어나 10킬로미터를 걸어 친구 넬손 집으로 갔다. 야자열매 가격을 흥정하기 위해서다.

노인은 야자나무에 오르기에 너무 나이가 많았다. 바닷가 가까운 곳에는 야자나무가 많았지만, 관광호텔 주인의 것이다. 그래서 호텔 종업원들만 열매를 딸 수 있다.

노인은 넬손이 좋은 가격에 준 야자열매를 광주리에 잔뜩 싣고, 다시 10킬로미터를 걸어왔다. 바닷가로 가서 바랑키야에 묵고 있는 관광객들에게 야자열매를 팔기 위해서다.

그날 아침에 노인은 아이와 함께 걸었다. 아이에게 낡은 버들가지 광주리를 빌려 주고 거래를 했다.

"넬손에게서 야자열매를 가져와 우리 둘이 나누자. 나랑 같이 바닷가로 가서 내가 하는 것처럼 야자열매를 관광객들에게 팔 거라. 잘 팔면 번 돈의 일부를 네게 주마. 어때?"

아이는 당장 그러겠다고 했다. 두 사람은 넬손 집으로 가서 야자열매를 샀다. 그러고 나서 온종일 바닷가를 오르락내리락 하며 큰 소리로 야자열매를 사라고 소리치고 다녔다. 가까이 가기 어려운 곳도 있었다. 호텔 경비원들은 호텔 손님에게 다가가게 그냥 두지 않았기 때문이다. 늙은 에프라인과 그 아이처럼 지저분하고 굶주려서 삐쩍 마르고 헐벗은 사람들은 말할 나위도 없었다.

"썩 꺼지지 못해, 더러운 자식들!"

경비원이 호통 쳤다. 경비원은 두 사람과 피부색도 똑같고, 생김새까지 비슷한 같은 마을 사람이었다.

"우리 손님들은 귀찮게 하는 걸 싫어한단 말이야. 알아듣겠어? 그러니까 어서 썩 꺼지란 말이야!"

저녁 일곱 시가 되자 야자열매가 서너 개밖에 남지 않았다. 노

인은 아이에게 잠깐 쉬면서 바닷물에 발을 담그자고 말했다.

"근데 너희 가족은 어디에 있니?"

"어휴. 글쎄요, 잘 몰라요! 가고 싶으면 가세요! 제 말이 무슨 뜻인지 아시죠?"

밝고 쾌활한 성격의 아이는 늘 기분이 좋아 보였다.

"무슨 뜻인지 알고 말고!"

노인이 빙그레 웃었다.

"하지만 혼자 세상을 다니기에는 넌 아직 너무 어려!"

"그때 도망쳤어야 했어요, 에프라인 씨!"

"알겠다, 알겠어! 고얀 녀석!"

노인과 아이는 모래밭에 앉아 남은 야자열매 하나를 깨서 과즙을 나누어 마셨다.

날이 어둑어둑해지자, 노인은 아이를 데리고 단골가게에 가서 쌀과 생선 두 마리를 샀다. 그리고 그날 번 돈으로 아구아르디엔테(중남미 사람들이 즐겨 마시는 민속주—옮긴이)를 한 잔 마시고, 아이에게는 레모네이드를 사 주었다.

두 사람은 촛불을 켜고 오두막 옆에서 저녁식사를 했다. 별들이 총총한 하늘 아래서 열대 지방의 밤은 고요하고 그윽했다.

아이가 입을 열었다.

"우리 아버지는 가난하지만 매우 부지런한 농부였어요. 자그마한 땅에 농사를 지었지요. 그런데 어느 날 군인들이 와서 모두 쫓아냈어요. 총칼을 들고 와서 사람들을 다치게 했어요. 아버지는 더는 우리를 돌볼 수 없다고, 이제 떠나야 할 시간이라고 했어요. 누나와 나는 산타마르타로 갔어요. 누나는 농장에 일자리를 얻었지만, 농장에서는 저를 원하지 않았어요. 그러던 어느 날 밤에 저는 도망쳤어요. 카르타헤나로 갔다가 나중에 과히라로 갈 생각이었어요. 엄마가 헤어지기 전에 과히라에서 만나자고 했거든요. 어쩌면 엄마는 벌써 과히라로 갔을지도 몰라요. 에프라인 씨, 어떻게 생각하세요?"

노인은 모래사장에 누워 달을 보고 있었다.

"그럴 수도 있겠지."

아이는 몇 푼이라도 벌어 목에 풀칠이라도 하기 위해서는 많은 일을 해야 했다. 어린 아이였지만 생각은 어른 같았다.

"얘야, 너 몇 살이지?"

"몰라요. 어릴 땐 수를 셀 줄 몰랐고, 이제 셀 줄 알게 되니 나이를 모르겠어요. 제가 몇 살로 보이세요?"

그날 밤 아이는 노인의 오두막에서 잤다. 더울 때는 바깥에서 자도 상관없었다. 얼마 안 있으면 비가 많이 쏟아지는 우기가 돌아온다. 하지만 지금은 걱정하고 싶지 않았고, 바로 잠이 들어버렸다.

노인과 아이는 손발이 잘 맞았다. 낮에는 관광객들에게 야자열매를 팔고, 밤에는 같이 밥을 먹고 같은 지붕 아래서 잠을 잤다. 노인은 비가 오면 어떻게 꾸려 나가야 할지 걱정스러웠지만, 그때가 되면 무슨 수가 생길 것이다.

어느 날 아침 노인이 잠에서 깨어 보니 오두막에 혼자 있다는 걸 알았다. 하지만 놀라지 않았다. 아이는 이별의 쪽지 한 장 남기지 않았다. 아이는 글을 쓸 줄도 몰랐지만, 허름한 오두막에는 글을 쓸 만한 종이 한 장 없었다. 노인은 생각했다.

'분명히 엄마를 찾으러 과히라로 갔을 테지.'

노인에게는 자식도 없고, 부인도 없었다.

아이와 정이 많이 들었지만, 언젠가 아이가 떠나리라는 걸 알고 있었다. 콜롬비아 사람들의 운명은 예측할 수 없다. 오늘은 이렇다 해도, 내일은 모든 게 바뀐다. 모두 찾아 헤매고, 모두 도망가고, 모두 떠나야 한다.

이제 우기가 가까이 오고 있었고, 관광객들이 빠져나간 바랑키야는 텅 비어 한산했다.

하얌마의 대모

여의사 데비카 선생님이 하얌마에게
이제 괜찮아졌다고 말하며 시럽 한 숟가락을 주었다.

"치마를 입고, 신발 신거라."

하얌마의 엄마는 진료실 밖에서 기다리고 있었다. 의사는 밥에
너무 매운 걸 넣지 말라고 했다. 아이가 국물을 마실 때 땀을 많이
흘리게 되고, 매운 국물은 위를 상하게 한다고 일러 주었다.

하얌마의 엄마는 거리로 나가기 전에 사리(인도의 전통 의상—옮
긴이)를 잘 여몄다. 집으로 걸어가면서 엄마가 딸에게 말했다.

"이제 괜찮아져서 얼마나 다행이니! 네가 깜짝 선물을 못 받게

될까 봐 걱정했잖아!"

"깜짝 선물? 나한테?"

엄마는 고개를 끄덕이고는 손으로 입을 가리고 웃었다.

"빨리 학교에 가 봐. 선생님이 말씀해 주실 거야! 어서, 시간 끌지 말고!"

하얌마는 얼마나 열심히 뛰었든지 신발이 벗겨지는 바람에 신발을 주우러 되돌아가야 했다. 마을의 큰길은 사람들로 넘쳐나서 비집고 들어갈 틈이 없었다. 그래서 하얌마는 사람들을 헤치며, 길을 트고, 릭셔(사람을 태우고 끄는 바퀴 두 개 달린 수레―옮긴이)와 자전거를 요리조리 피해갔다.

하얌마는 학교로 들어가며 소리쳤다.

"선생님, 선생님!"

선생님이 하얌마를 보자 인사를 건넸다.

"안녕, 하얌마. 이제 괜찮아 보이는구나!"

"엄마가 내게 줄 깜짝 선물이 있다고 하던데요. 정말이에요, 선생님? 선물인가요? 히로나에서 또 편지가 왔나요?"

하얌마는 어찌할 바를 몰랐다. 선생님 팔을 잡고 뱅글뱅글 돌리며 위아래로 흔들었다.

"원 녀석……. 가만 좀 있어라! 정신 하나도 없다!"

하얌마는 '히로나'란 단어를 정확히 발음하지 못했다. 히로나는 아난타푸르에서 매우 멀리 떨어진 곳인데, 거기에서는 타밀 어가 아닌 다른 말을 쓴다. 사실 많은 집이 있고, 강이 흐르는 그곳의 이름을 어떻게 발음하는지 아는 사람은 아무도 없다. 하얌마는 대모인 임마 부인이 보내 준 사진 속에서 히로나를 보았다. 그래도 대모의 이름은 발음하기 쉬웠다!

작년에 선생님이 하얌마네 반 학생들에게 모두 대부나 대모가 생길 거라고 말했다.

"대…… 뭐요?"

모두 한 목소리로 묻자, 선생님은 설명해 주었다. 아이들을 돕고 싶어 하는 사람들이 있으며, 우리 마을 아이들이 계속 학교에서 공부할 수 있도록 매달 약간의 파이사(인도 화폐 단위로 100파이사가 1루피다.─옮긴이)를 보내 줄 거라고 말씀하셨다.

하얌마가 사는 마을은 매우 가난해서 먹고 살기 위해 아이들은 부모를 도와 일을 해야 했다. 하얌마가 학교에 갈 나이가 되었을 때 아빠는 학교에 가지 말고 집에 있으면서 엄마를 돕는 게 좋겠다고 했다. 그러면 하얌마는 이렇게 말했다.

"아빠, 전 학교에 가고 싶어요! 그림 그리는 게 정말 좋고, 이제 글을 읽기 시작했단 말이에요!"

대부 대모들은 멀리, 이름도 낯선 곳에서 살았다. 칼파나의 대부는 독일의 함부르크에서 살고, 마렌나의 대모는 토리노(이탈리아 북구 피에몬테 지방의 도시—옮긴이)에 살고 있었다. 대부 대모들은 후원어린이들에게 편지, 그림엽서, 사는 마을의 사진을 보냈다. 그리고 생일에는 인형과 색연필을 선물했다.

하얌마가 물었다.

"제 대부는 어느 나라 사람이에요, 선생님?"

"넌 대모야. 스페인의 히로나에 사는 여자 분이시란다. 어떻게 생각해?"

하얌마는 생각했다.

'참, 별난 나라도 다 있네!'

병원에서 돌아와 텅 빈 교실 한가운데서 어쩔 줄 몰라 하며 선생님을 빙글빙글 돌리는 지금, 깜짝 선물은 대모에게서 온 편지도, 선물도 아니었다.

하얌마는 궁금해서 못 참고 물었다.

"그럼, 뭐예요?"

"네 대모인 임마 부인이 널 보러 온단다."

"정말이요?"

하얌마는 입이 딱 벌어졌다. 믿기지 않았다.

하지만 사실이었다. 하얌마의 대모는 마을의 다른 아이들의 대부 대모들과 함께 버스를 타고 란가차두에 와서 며칠 동안 마을에 있는 후원단체 숙소에서 머무른다고 한다.

"저를 보고 싶어 할까요?"

"물론이지! 그것 때문에 오는 건데? 널 보려고."

기다리는 몇 주가 얼마나 길던지! 선생님은 수학 말고도 아이들이 대부 대모들에게 노래를 불러 줄 수 있도록 타밀 어와 영어로 된 노래를 가르쳐 주었다. 또 교실을 꾸미고, 바닥을 청소하고, 유리병에 꽃을 꽂았다. 그림에 소질이 있는 하얌마와 칼파나는 간디의 초상화를 그리고 색칠했다.

그림을 본 선생님이 말했다.

"그림을 벽에 걸자."

대부 대모들이 온 날은 가슴이 벅찼다. 모두 마을에 있는 역으로 마중 나갔다. 아이들의 엄마 아빠들까지도 하던 일을 멈추고 대부 대모들이 오는 걸 보러 갔다. 하얌마는 버스에서 대부 대모들이 내리는 것을 보자, 얼굴이 하얀 저 여자 분 중에 누가 임마 부인일까 생각했다. 밀짚모자와 선글라스를 쓴 퉁퉁한 저분일까, 아니면 손에 카메라를 든 까만 머리의 호리호리한 저분일까.

선생님들은 막 도착한 손님들과 악수를 나누고 학교 정문에 모이게 한 다음 아이들 앞에 한 줄로 서게 했다. 아이들은 호기심에 찬 눈으로 자기의 대부 대모가 누구인지 알고 싶어 했다.

선생님이 밀짚모자의 퉁퉁한 부인을 가리키며 말했다.

"이분은 마드리드에서 오신 돌로레스 부인이에요. 후견어린이인 세카를 보고 싶어 하십니다."

하얌마는 안절부절 못했다. 모여 있는 모든 부인들을 살펴보았지만, 누가 자기 대모인지 도무지 알 수 없었다.

"이분은 히로나에서 오신 임마 부인이에요."

마침내 선생님이 하얌마의 대모를 소개했다.

"하얌마에게 인사하고 싶어 하세요."

하얌마는 임마 부인에게 다가가기 전, 부모님들이 모여 있는 무리 끄트머리에서 목을 빼고 보고 있는 엄마 아빠를 쳐다보았다.

하얌마의 대모는 하얌마가 자기 대모였으면 하고 바랐던 분들 중한 명이었다. 머리카락이 길고 밀처럼 금빛이었기 때문이다.

"굿모닝, 유 아 웰컴!"

하얌마는 선생님이 가르쳐 준 대로 영어로 인사했다.

하얌마의 대모는 하얌마의 양 볼에 입 맞추고, 번쩍 들어 올려두 팔로 꼭 껴안았다. 하얌마도 대모를 안았다. 대모의 금빛 머리카락에서 과일향 같은 매우 기분 좋은 냄새가 났고, 손에 닿은 블라우스는 부드럽고 뽀송뽀송했다. 하얌마는 대모를 안으며 자기엄마 아빠를 보았다. 엄마 아빠는 흐뭇하게 웃으며 손을 흔들었다.

임마 부인은 영어로 말했다.

"너에게 주려고 많은 걸 가져왔단다. 날마다 네가 무얼 하며 지내는지 듣고 싶구나."

"전부 이야기해 드릴게요."

후원단체 사람들이 색색의 선물 보따리들을 버스에서 내리는것이 보였다.

외교관의 삶

친구들은 마르가를 위해 송별파티를 준비했다. 친구들은 마르가를 위해 깜짝 파티를 열어주고 싶었다. 하지만 마르가는 친구들이 수군대는 소리를 들었고 비밀로 파티를 준비하고 있다는 것을 이미 눈치 채고 있었다. 잠시 후면 안나와 메리첼이 마르가를 데리러 집으로 올 것이다. 하지만 마르가는 예쁘게 꾸미기는커녕 방문을 꼭 걸어 잠근 채 울고 있다.

어제 안나와 메리첼은 학교를 나서며 약속을 정했다.

"일곱 시 반에 데리러 갈게. 친구들이랑 같이 돌아다니자. 네가 모레 떠나니까 우리 모두 작별인사를 해야 하잖아!"

마르가는 친구들이 준비하는 파티가 기대가 되어 일부러 모르는 척했다. 하지만 방에 들어가 이곳에서 찍은 사진을 보고 있자니 눈물을 참을 수 없다.

앨범 첫 장을 장식한 사진은 엘프라트 공항에서 찍은 것이다. 바르셀로나에 도착한 날 아빠의 직장 동료가 찍어 주었다. 아빠와 엄마는 손에 여행 가방을 들고, 마르가는 운동 가방을 든 채 졸린 얼굴로 서 있었다. 마르가네 가족은 폴란드의 바르샤바에서 왔다. 마르가의 아빠는 바르셀로나에 있는 폴란드 영사관에서 일한다. 폴란드의 외교사절, 다시 말해 바르셀로나에서 폴란드를 대표하는 기관에 속해 있다. 만약 누가 폴란드에 가고 싶거나, 바르셀로나에 사는 폴란드 인에게 무슨 문제가 생기면 영사관에 가서 도움을 청하면 된다.

외교관 자녀는 많은 장점을 가지고 있다. 많은 나라를 가 보고, 여러 나라의 언어를 배우고, 각지에 친구를 만들 수 있다. 처음 바르샤바를 떠났을 때 마르가는 세 살밖에 안 된 꼬마여서 기억하는 것이 거의 없었다. 하지만 점점 중요한 변화를 느끼게 되었다.

어느 날 유아원도, 할머니 할아버지 집도 가지 않고, 비행기를 타고 날아갔다. 처음 가 본 나라, 이제까지 들어온 언어로 말하는 사람이 한 명도 없는 나라에 도착한 것이다. 그리고 학교에서는 아이들과 선생님들이 마르가가 들어보지 못한 말을 써서 전혀 알아들을 수가 없었다. 다른 음식을 먹고, 다른 집에서 살고, 주말에는 여행을 다니면서 새로운 풍경을 보게 되었다.

어느 날 마르가가 엄마에게 물었다.

"근데 할머니 할아버지는? 이제 더는 못 봐?"

엄마는 걱정하지 말라고 말씀하시며, 여름이 되면 할머니 할아버지에게 갈 수 있을 거라고 했다.

새 학교에서는 마르가를 환영해 주었다. 처음 며칠 동안 마르가는 아무 것도 이해하지 못했지만 차츰차츰 다른 아이들이 쓰는 단어에 익숙해지면서 친구들과 말이 통하게 되었다. 그리고 선생님들과 이야기할 수 있게 되면서 칠판에 쓴 것을 읽고 이해할 수 있게 되었다.

어느 날 선생님이 물었다.

"바르샤바가 어떤지 이야기해 줄래? 바르샤바와 사라예보 중 어디가 더 아름답니?"

"두 곳은 완전히 달라요."

사라예보 집은 바르샤바 집보다 더 크고, 길은 더 넓고, 학교에 아이들이 더 많았다. 장난감이 없는 마르가는 새 장난감을 선물받기도 했다. 할머니 할아버지를 보지 못했지만, 엄마 아빠의 친구 분들을 알게 되었다. 그들은 매우 친절했고 마르가 또래의 아이들이 있었다. 학교에서는 안야라는 친구를 사귀어 며칠 동안 강가에 있는 안야의 집에서 함께 지내기도 했다. 마르가의 아빠는 새 차를 갖게 되었는데 바르샤바에 있던 오래된 차보다 잘 달렸다. 엄마는 원래 예뻤지만, 파티가 있는 날 밤에는 공주처럼 옷을 입었다.

이 년이 지나 고향이 어땠는지 거의 잊어 버렸을 즈음, 마르가는 선생님한테 이렇게 고백했다.

"사라예보가 바르샤바보다 더 좋아요!"

새로 배운 언어는 세르보크로아티아 어인데, 이제는 익숙하게 말할 줄 알게 되었다. 집에서는 계속해서 폴란드 어를 썼지만 단어가 생각나지 않을 때가 종종 있어서 아빠 엄마는 마르가가 폴란드 어를 잊어버리지 않도록 무던히 애썼다.

성탄절 전 어느 날 마르가가 일곱 살이 되었을 때, 엄마 아빠는 성탄휴가 후에 바르샤바로 돌아갈 거라고 말했다.

"무슨 말이에요?"

"짐을 싸고 비행기를 탈 거라는 말이지. 이제 우리 집으로 돌아 간단다, 얘야."

"하지만 왜요? 안야는요? 또 마이크는요?"

엄마 아빠는 지금 있는 도시에 문제가 생겨 바르샤바로 가서 일 하게 될 것이라고 했다. 마르가는 더는 학교에 가지 못하고, 친구 들에게 작별인사조차 할 수 없었다. 순식간에 비행기를 타고 바르 샤바에 있는 집을 향해 날고 있었다. 바르샤바에 도착했을 때 사 라예보에 전쟁이 일어나서 사람들이 두려움에 사로 잡혀 있다는 것을 알았다.

할머니 할아버지는 공항에 마중 나오셨고, 마르가가 살던 옛날 집에서 푸짐하게 저녁상을 차려 주셨다. 마르가는 옛날 집이 거의 기억나지 않았지만, 사라예보의 집보다 더 작고 낡아 보였다.

"벽을 칠하고 간이벽을 세울게. 그러면 사라예보 집처럼 예쁘 게 보일 거야."

엄마가 약속했다.

1월이 되자 마르가는 바르샤바에 있는 새로운 학교에 갔다. 차츰차츰 잊었던 말이 생각나고, 어릴 때 불렀던 노래가 기억나고, 새 친구들을 사귀었다. 도시는 마르가가 외국에 있는 동안 많이 바뀌어 있었다. 공원과 새 상점과 극장이 많이 생겼다. 같은 반인 마리안나와는 둘도 없는 친구 사이가 되었다. 그리고 몇 달 뒤 아빠가 헝가리 부다페스트 대사관으로 가게 되었다고 말하자, 마르가는 무척 놀랐다.

"어디라고요? 부다페스트? 그건 또 어디 있어요? 왜 사라예보로 돌아가지 않지요? 마라안나는요? 그럼 새 집은요?"

엄마 아빠는 마르가와 진지하게 이야기했다. 방법이 없다고. 마르가의 아빠가 하는 일은 그랬다!

"외교관이 되면 장점이 많다고 하셨잖아요! 근데 전 불편한 점밖에 모르겠어요!"

마르가는 마리안나와 마리안나의 오빠 야체크와 슬프게 작별인사를 했다. 이틀 뒤 마르가네 가족은 부다페스트를 향해 날아갔다. 새로운 도시에서 가장 놀란 것은 집들이 무척 아름답고, 도시가 큰 강을 사이에 두고 둘로 나뉘어져 있다는 점이었다. 많은 성당, 아름다운 온천욕장, 웅장한 광장들.

마르가는 그곳 언어를 몰라서 학교에 간 첫 날에는 아무 것도 알아듣지 못했다. 선생님은 반 친구들에게 마르가를 소개했다. 그리고 그곳에서는 헝가리 어를 썼는데 헝가리 어는 역사가 깊은 언어이지만 배우는 데에는 별로 어렵지 않을 것이라고 말했다. 마르가는 이렇게 생각했다.

'어쩔 수 없지!'

마르가네 가족은 매우 예쁜 집에서 살았다. 옆에 사는 이웃도 폴란드 사람들이었는데, 마르가 또래의 아들이 있었다. 그 아이는 크쉬스토프인데 마르가와 매우 가깝게 지내며, 많은 친구를 소개해 주었다.

학교에서 마르가는 수학과 그림에서 두드러졌다. 때때로 사라예보나 안야와 마라안나의 초상화를 그렸다. 거의 완벽하게 헝가리 어 문장을 말했지만, 가끔씩 폴란드 어나 세르보크로아티아 어 단어가 불쑥 튀어나왔다. 대부분의 반 친구들이 한 번도 부다페스트를 떠난 적이 없다는 사실을 알게 되자, 마르가는 여러 나라에서 살아 본 경험이 자랑거리가 되기 시작했다. 아빠와 아빠의 직업이 자랑스러웠고, 외교관의 장점을 높이 사던 엄마의 말이 옳다는 생각이 들었다.

마르가는 크쉬스토프와 사랑에 빠졌다. 크쉬스토프는 마르가와 똑같이 열두 살이었는데, 둘은 떼려야 뗄 수 없는 사이가 되었다. 학교에서 영웅광장 앞에 있는 박물관으로 견학 간 날, 크쉬스토프는 마르가에게 처음 입을 맞추었다.

"부다페스트에서 계속 살고 싶어요, 엄마. 도시도 아름답고, 도나우 강 다리를 거니는 것도 좋고, 거리도 좋고……."

"내가 보기에는 크쉬스토프가 더 좋은 것 같은데!"

엄마는 마르가의 마음을 슬쩍 떠보았다.

마르가는 토마토처럼 얼굴이 빨개졌고, 엄마와 마르가는 서로를 보며 까르르 웃었다.

하지만 어느 날 저녁, 아빠와 엄마는 도시가 아름답게 내려다보이는 겔레르트 언덕으로 마르가를 데리고 가서 절대로 일어나지 않기를 바랐던 소식을 전했다.

"떠나야 한단다, 마르가. 다른 나라로 일하러 가야 해. 아빠도 어쩔 수 없구나, 아빠 직업이라서."

가슴이 철렁 내려앉은 마르가는 울기 시작했다. '그럴 리 없어, 그럴 리 없어' 하고 되풀이했다. 마르가는 열세 살이었고 이리저리 떠돌아다니는 삶에 지쳤다. 이곳에는 크쉬스토프와 친구들 그리고

자기 삶이 있었다. 엄마는 마르가를 꼭 껴안아 주며 새로 갈 도시에서도 잘 지낼 거라고, 바다가 있는 예쁜 도시라고 말해 주었다.

그 도시는 바르셀로나였다. 마르가는 텔레비전에서 1992년 올림픽경기를 봐서 알고 있었다. 먼 곳이고, 햇볕이 강하고, 사람들이 기타를 친다는 것을.

"안 갈래! 아무 데도 가고 싶지 않단 말이야!"

마르가는 가장 소중한 친구에게 작별 인사를 할 용기가 나지 않아 바르셀로나에 도착해 편지 한 장을 썼다.

여기선 다른 언어를 써. 하나가 아니라 둘씩이나!
그리고 정말로 바다가 있고, 춥지 않고, 사람들이 흥이 많아. 지나치다 싶을 정도로 학교에서는 모두들 다정하게 대해 주고, 부다페스트에서보다 더 많이 안고 쓰다듬어 줘.
우리 엄마 아빠가 그러는데 나중에 내가 크면 어디서 살지 선택할 수 있게 해 준대. 하지만 지금은 폴란드 정부가 나와 내 가족이 외국에서 사는 모든 비용을 대주고 있대. 꼭 돌아갈게.
도나우 강과 너희들 모두가 무척 그립거든.
특히 네가.

두 주가 지난 어느 날 마르가는 부다페스트에서 온 소포를 받았다. 크쉬스토프가 커다란 하얀 곰 인형을 보내 준 것이다.

마르가의 엄마 아빠는 마르가를 예전보다 더 작은 학교에 보냈다. 마르가는 친구 사귀기가 힘들었다. 크쉬스토프에게 보낸 편지에도 썼듯이, 사람들이 달랐기 때문이다. 영어 말고도 두 언어를 더 공부해야 했다. 처음 몇 개월 동안은 모든 게 뒤죽박죽이었다. 카스테야노 어로 글을 쓰는데 명사는 폴란드 어로, 동사는 카탈란 어, 형용사는 세르보크로아티아 어, 접속사는 헝가리 어, 부사는 영어로 써놓았다. 선생님은 걱정하지 말라고, 그렇게 많은 언어를 알고 자유자재로 쓸 줄 아는 건 큰 행운이라고 말했다.

바르셀로나 아이들은 잘 웃었다. 마르가가 이제까지 보아 온 아이들 중에서 가장 많이 웃었다. 양 볼에 입을 맞추고, 주말이면 거리로 나오고, 아무에게도 말할 수 없을 것 같은 이야기들도 스스럼없이 말했다.

중학교 3학년이 되었을 때 마르가는 안나와 메리첼 무리를 알게 되었다. 같은 반인 그들은 마르가와 친구가 되었다. 마르가는 언제나처럼 그림을 잘 그렸고, 화첩을 사서 그림엽서 모음집을 만들었다.

기억을 더듬어 부다페스트의 국회의사당, 바르샤바 마르슈알 코브스카 거리의 기하학적인 건물들, 가우디의 사그라다 파밀리아 성당, 사라예보의 성당들, 도나우 강, 바르샤바의 왕성광장, 바르셀로나 항구…….

엄마는 마르가가 커서 건축가가 될 것이라고 생각했다. 바르셀로나에도 예쁜 집들과 미술관, 광장들이 있다. 마르가는 이제 카스테야노 어도 익숙해졌고, 바르셀로나 사람들이 말하는 카탈란어를 완벽하게 알아듣고 읽었다.

마르가는 눈물 젖은 눈으로 앨범의 마지막 사진을 바라보았다. 몬세니에 있는 산에서 찍은 사진이다. 지난 주 반 전체가 소풍을 갔는데, 고등학교 2학년의 마지막 소풍이었다. 여름이 되면 모두들 대학에 가기 위해 헤어질 것이다. 그리고 마르가는 바르샤바로 돌아갈 것이다. 아빠가 석 달 전에 말해 주었다. 마르가는 이제 열일곱 살이고, 삶의 많은 것을 이해하는 나이가 되었다. 마르가는 고향으로 돌아가 건축학을 공부할 것이다. 여름이 지나 남미 에콰도르로 가는 부모님을 따라가지 않을 것이다.

"정말 우리랑 같이 안 갈래, 마르가?"

"네, 아빠. 안 갈 거예요. 곧 열여덟 살이 되고, 그러면 할머니 할아버지랑 살래요. 갈 수 있으면 언제든지 엄마 아빠를 보러 갈 게요. 이제는 한 곳에 머무르면서 제 삶을 살고 싶어요."

엄마 아빠는 마르가의 생각을 이해했다.

어제 마르가의 엄마는 예쁜 여름옷을 선물해 주었다. 안나, 메리첼과 함께 바르셀로나에서 사귄 친구들이 준비한 깜짝 송별파티에 가기 위해 이제 그 옷을 입을 것이다. 친한 친구들은 내년에 바르샤바로 마르가를 보러 오겠다고 약속했다.

몇 년 후에 마르가가 건축가가 되어 집을 짓게 되면, 매우 특별한 집을 지을 것이다. 소녀의 가슴속에 남아 있는 그 동안 가 본 모든 도시들의 특징이 고스란히 녹아 있는 집을 지을 계획이다. 그래서 그곳으로 외교관의 삶에 대한 장점을 알게 해 준 모든 친구들이 머물다 갈 수 있도록 초대할 것이다.

안녕 고향이여, 안녕 강이여

부바는 의사 존스 선생님이

쩍쩍 갈라진 메마른 흙길을 천천히 걸어오는 것을 보고 있다. 그
길을 사이에 두고 제1캠프와 제2캠프가 나뉘어져 있다. 의사 선
생님들이 부르는 것처럼 이 '랜드 원'과 '랜드 투' 캠프는 양 옆으로
나란히 지어졌다. 수많은 난민이 몰려와 제1캠프가 꽉 차자 제2캠
프를 만든 것이다.

부바는 여섯 살이고, 6개월 전 마지막으로 도착한 난민 무리 속에
있었다. 당시 부바는 엄마 품에 안겨서 왔다. 한 발짝도 내딛지 못
할 정도로 지쳐 있었기 때문이다. 난민들은 밤낮없이 쉬지 않고

거의 아무것도 먹지 못한 채 나흘간 걸어왔다. 무리를 이끌던 남자는 때때로 손을 뻗어 과일농장이나 야생 콩이 자라는 버려진 밭을 가리켰다. 무리에 있던 사람들 모두 과일이나 콩을 따기 위해 전속력으로 달려갔지만, 가장 나이 든 남자 어른이 그들을 막아서며 엄격하게 말했다.

"질서를 지키고, 얼마 안 되는 식량은 공평하게 나눠야 합니다. 가장 과즙이 풍부한 과일들은 아이들과 노인들에게 먼저 주어야 합니다."

부바의 할머니도 난민 행렬 속에 끼어 있었다. 할머니의 아들들, 즉 부바 아빠와 우다이 삼촌이 할머니를 업고 갔다. 부바와 모든 피난민들은 하루아침에 고향 땅을 등지고 도망쳤다.

집과 학교와 멱을 감던 강을 버려둔 채. 나쁜 사람들이 마을을 향해 무섭게 돌진하고 있어서 아무것도 챙길 시간이 없다고 마을 지도자들이 경고했기 때문이다. 그래서 모두들 걸어서 피난길에 나섰다.

"안녕 집, 안녕 학교, 안녕 강!"

부바네 가족은 집에서 키우던 산양 두 마리를 챙기고 나머지 다섯 마리를 버려두었다. 그리고 걷지 못하는 할머니를 포대기에 싸서 등에 업었다. 모든 사람이 마을 입구에 모였다. 전날 군복을 입은 지휘관이 와서 나흘 정도 걸어가면 난민촌이 있다고 알려 주었다. 마침내 그들이 도착했을 때 '랜드 원'은 꽉 차서 '랜드 투'를 짓게 된 것이다.

부바가 난민촌에 도착했을 때 설사를 하고 있어서 백인 의사들이 금속으로 된 의료기구로 부바를 진찰했다. 그리고 가루로 된 우유와 밥을 주었다. 부바와 할머니는 의사들이 쳐놓은 천막 아래서 사흘 동안 누워 있었다. 존스 선생님이 아침마다 부바와 할머니를 보러 왔다. 처음에는 서로 말이 통하지 않았다. 존스 선생님은 이상한 언어를 말하고, 부바네 말은 두세 마디밖에 할 줄 몰랐기 때문이다. 하지만 아이는 매우 영리해서 '굿', '밀크', '땡큐' 같은 존스 선생님이 하는 말 몇 가지를 바로 익혔다.

'랜드 투'에는 아이들이 바글바글했다. 아이들은 야전 천막과 어른들이 가족을 위해 임시로 만든 오두막 사이에서 숨바꼭질하며 하루를 보냈다. 닷새마다 트럭 한 대가 식량과 약을 싣고 왔다. 존스 선생님은 '랜드 투' 난민들에게 유용하게 사용될 수 있도록 다른 나라 어린이들이 자기에게 필요하지 않은 물건들을 보내 주었다고 말했다. 그리고 그 아이들은 전쟁을 겪지 않아서 평화롭게 살고 있다고 말했다. 존스 선생님은 자식은 없지만 부바 나이 또래 조카들이 있다고 했다.

군복을 입고 파란 모자를 쓴 군인들은 트럭을 몰고 다녔다. 대부분 부바와 같은 피부색을 갖고 있었지만, 존스 선생님처럼 백인도 있었다. 난민촌을 이끄는 사람들, 나이 많고 지혜로운 어른들은 의사 선생님들을 도와 식량이나 이불, 약을 나눠 주는 일을 했다. 난민촌 입구에는 군인들이 만들어 놓은 우물이 있어서, 거기서 물을 길어다 밥을 지었다. 그런데 어느 날 아침, 우물 안에서 한 남자가 죽은 채로 발견되기도 했다.

부바는 밤이 싫었다. 모든 가족들이 밥을 지어 먹고, 주위에 둘러앉아 오순도순 이야기꽃을 피우던 모닥불을 떠나야 하기 때문이다. 밤에는 모닥불을 꺼야 했고, 난민촌에서 그 어떤 불도 켜면 안 되었다. 밤이 되면 모두들 보금자리로 돌아갔다. 그곳은 천막이 될 수도 있고, 말뚝 두 개에 천을 묶어 지붕을 만든 곳이 될 수도 있고, 다른 나라 아이들이 보내 준 식료품 상자를 깔아 놓은 곳이 될 수도 있다. 사람들은 낮은 소리로 소곤거리다가 잠이 들었다.

부바는 잠들지 못했다. 엄마 옆에서 벌레처럼 몸을 잔뜩 웅크리

고 있으면 엄마는 아이를 지키려고 팔로 목을 감싸 안았다. 하지만 부바는 잠이 들지 못했고, 엄마가 지어내는 한숨소리, 난민촌의 아픈 노인들이 끙끙대는 소리를 들어야 했다. 고통을 호소하는 비명소리, 신음소리, 울분과 분노의 울음소리를 들어야 했다. 하지만 부바는 아무것도 할 수 없었다. 의사들과 군인들이 많은 것을 할 수 없듯이.

부바는 할머니의 흐느낌을 가장 많이 들었다. 할머니는 이제 의사 천막이 아닌, 달과 별이 비치는 팽팽하게 쳐진 천으로 만든 지붕 아래에서 부바의 가족들과 함께 지냈다. 할머니는 밤새도록 끊임없이 끙끙댔고, 부바는 잠들지 못했다. 어쩌다 잠이 들어 깨어나면 태양은 벌써 머리 위에 떠 있었다. 할머니의 신음소리는 여전하지만, 밖에서 들려오는 삶의 소리들이 할머니의 신음소리를 꿀꺽 집어삼켰다.

잠에서 깬 사람들 소리, 다가오는 트럭 소리, 의사들과 파란 군인들이 난민촌을 오가는 소리. 그리고 부바가 놀고 있는 곳으로 다가오는 존스 선생님의 발자국 소리.

선생님은 쩍쩍 갈라진 메마른 땅을 밟으며 부바를 불렀다. 둘은 몸짓과 몇 마디 말로 서로의 생각을 전달했다. 언제나 악수를 먼

저 하는데 '그건 만나서 반갑다, 잘 지냈나, 보고 싶었다'라는 뜻이다. 존스 선생님은 부바와 이야기하기 위해 허리를 숙였다.

"메리 앤드 토마스." 하고 말하며 웃옷 주머니에 있던 초콜릿을 보여 주었다.

"포 유, 부바."

선생님이 초콜릿을 부바에게 건넸다.

"초콜릿. 메리 앤드 토마스 센트 잇 포 부바."

메리와 토마스는 존스 선생님의 조카들이다. 부바는 그들을 사진에서 보았다. 부바는 "땡큐" 하며 초콜릿 포장을 벗겼다. 존스 선생님은 부바의 머리를 쓰다듬고서 회진을 계속하기 위해 걸어 갔다. 존스 선생님이 멀어지는 동안 부바는 이렇게 소리쳤다.

"땡큐!"

존스 선생님은 뒤를 돌아보며 부바에게 손을 흔들었다.

리오의 밤거리

오늘밤은 지독히 춥다.

그런데 나는 조금 전에 셔츠만 걸치고 나왔다. 거리를 오가는 사람들은 털 스웨터나 점퍼에 긴 바지를 입고 신발을 신고 있다. 나는 늘 신던 찢어진 슬리퍼를 신었다. 슬리퍼를 접착테이프로 최대한 잘 붙였지만 벌써 떨어지기 시작했다.

나는 시장을 지나면서 호앙 할아버지에게 빵 껍질을 달라고 말했다.

"허구한 날 달라, 달라……! 언제 철이 들 거냐! 스무 살이 되어도 계속 빌어먹고 살 거야?"

호앙 할아버지는 내게 빵 조각을 주면서 소리쳤다.

"옜다, 녀석, 꺼져 버려!"

가는 길에 나는 호랑이파 녀석들과 마주쳤다. 스무 명쯤 되어 보였다. 처음에는 서너 명이었는데, 어느새 스무 명이라니! 전에는 녀석들이 겁났는데 이제는 아니다. 카를리토스가 그 호랑이파에 들어갔다. 호랑이파는 바닷가 선술집과 바위 사이를 어슬렁거리고 다녔다.

카를리토스 말로는 호랑이파는 신나게 놀고, 여자애들과 춤추러 다니고, 중요한 사람들을 많이 만난다고 한다. 또 조니 실버라는 우두머리도 있는데, 총이며 온갖 무기를 갖고 다닌다고 한다. 모든 사람이 호랑이파, 조니 실버 패거리를 두려워한다. 엄마 친구들은 딸들에게 호랑이파와 어울려 다니지 말라고 하지만, 여자애들은 말을 듣지 않는다. 집을 나가서 돌아오지 않는 여자애들도 몇몇 있다. 조니 실버 패거리와 있는 편이 낫고, 돈도 벌 수 있기 때문이라고 한다.

호랑이파는 내게 아무 시비도 걸지 않았다. 리오 호텔 앞을 지날 때, 텔레비전에서 축구경기 하는 모습이 보였다. 나는 호텔 안으로 들어가려 했지만, 경비원이 엉덩이를 걷어차며 내쫓았다.

"여기서 꺼져!"

"어느 팀 경기인지만 말해 주세요"

경비원은 들은 척도 안 했다. 다행히 밖으로 나오는 관광객이 국가대표팀 경기라고 알려 주었다.

나는 축구선수가 되고 싶다. 그래서 빈민촌 A 지역 아래 공터에서 몇 시간씩 공을 찬다. 관광객들이 두고 간 공을 바닷가에서 줍기도 하지만, 공이 없을 때는 우리가 직접 천 조각들을 끈으로 묶어 만든다. 우리는 오랜 시간 축구를 하며 논다. 우리가 팀을 만들면 좋은 팀이 될 것 같다.

페드로네 형은 상파울루의 한 축구팀에서 뛰고 있다. 주요 팀은 아니지만 중요한 건 축구선수고, 다른 선수들과 매우 좋은 집에서 살며, 돈도 많이 벌어 차도 갖고 있어서 성탄절에 차를 몰고 가족들을 보러 온다는 것이다.

페드로네 형이 지나가는 모습이 보였다. 나는 "사울 형, 여기!" 하고 불렀다. 그리고 이렇게 말했다.

"내가 축구 하는 거 언제 보러 올 거야? 아마 내가 형보다 축구를 더 잘할걸!"

그러면 형은 웃으며 차에서 손을 흔들어 주었다. 언젠가 내게

표를 던져 준 적도 있었다.

나는 가끔 공원 쓰레기통이나 도시 쓰레기 하치장에서 지나간 신문들을 뒤져 유럽과 미국에서 뛰는 브라질 축구선수들의 사진을 손으로 찢어 모아 둔다. 호나우디뉴의 사진을 찾을 때도 있다. 나는 글을 읽을 줄 모르기 때문에 나라 이름만 찾는다. 이탈리아, 스페인, 독일 같은 나라 이름들은 하도 많이 봐서 글자를 몰라도 척 보면 아니까.

나도 그들처럼 되고 싶다. 그 축구선수들처럼. 어느 날 사울 형이 내가 축구 하는 모습을 보고 자기 팀 코치들에게 말해 큰 차로 나를 찾아오는 꿈을 꾼다. "야, 너, 이름이 뭐지? 언제부터 축구를 그렇게 잘했냐?"고 묻겠지. 그러면 나는 "태어날 때부터요!" 하고 대답할 것이다. 그들은 웃으며 음료수를 주고 차에 오르라고 할 거야. 그리고 제안하겠지.

"우리 팀과 계약하자!"

몹시 추웠다. 나는 집으로 갔지만 움막집에는 아무도 없었다. 정확히 말하면 할머니가 있었지만, 있으나마나다. 포도주병을 끌어안고 늘 잠만 자고 있다. 나는 아빠의 낡은 스웨터를 찾아 입었다. 아빠가 집을 나갔을 때 가져가지 않은 옷이다. 구멍이 숭숭 뚫렸지만 상관없다. 조금은 따뜻해질 것이다.

나는 다시 도심으로 내려갔다. 거의 한 시간을 걸어가야 할 정도로 집에서 멀다. 나는 친구들을 찾으러 다녔다.

거의 자정이 다 되었다. 공원에는 남자 아이들과 여자 아이들이 특별히 하는 일 없이 삼삼오오 앉아 있다. 하지만 친구들의 모습은 보이지 않는다.

도시 한복판에는 사람들로 북적대고 음악소리가 들린다. 호텔을 나서는 관광객들에게 다가가 몇 푼 달라고 해 보지만 소용없다. 카를리토스 말로는 호텔에서 관광객들에게 아무리 불쌍해도 아이들이나 그 누구에게라도 돈을 주지 말라고 당부했다고 한다.

언젠가 나는 매우 친절한 사람들을 만난 적이 있다. 모두 잘 차려 입은 어른들이었다. 그들은 관광하는 데 나를 데려갔다. 그들 중 어떤 부부가 나를 무척 좋아했다. 어느 날 밤 함께 유럽에 가지 않겠냐고 물었다. 자기들은 자식이 없다며 내가 원하는 것을 모두 주겠다고 했다. 나는 있을 수 없는 일이며, 나에게는 엄마와 여동생이 있다고 거절했다. 그들은 나를 계속 설득했지만, 나는 딱 잘라 말했다. 나는 브라질 사람이고, 커서 브라질의 가장 좋은 축구

팀 선수가 되어서 우리나라 국가대표팀에서 뛸 거라고. 그리고 유명한 축구선수가 되면 유럽 팀으로 갈 거라고. 내 친구들 중에 그렇게 다른 가족을 만나 떠난 애들이 있는데, 다시는 보지 못해서 어떻게 되었는지 알 수가 없다.

　배가 고팠다. 그래서 성당에 갔다. 성당에는 언제나 먹을 게 있다. 수녀들은 좋은 사람들이고 내게 잘해 준다. 수많은 아이가 수녀들과 함께 리오 변두리에 있는 집에서 산다. 우리 누나도 그곳에 갈 뻔했는데 엄마가 펄쩍 뛰었다. 가족을 도와 일해야 한다고, 수녀가 되면 돈 한 푼도 못 번다고 말했다.
　마리아 누나는 늘 내게 작은 선물을 하고 옷을 사 준다.
　나는 파스타 한 그릇과 오렌지를 먹고 나서 중심가로 돌아갔다. 이제 거리에는 정처 없이 떠도는 아이들로 꽉 차 있다. 리오는 갈 곳 없이 떠도는 아이들로 넘쳐난다. 나도 그들 중 하나다. 나도 그걸 안다. 하지만 나는 꿈이 있다. 반면 다른 아이들은 꿈도 없다. 나는 여기를 떠나리라고 믿는다. 축구선수가 되고, 사울 형보다 더 좋은 차를 갖게 되고, 그 차를 타고 지구 반 바퀴를 돌아 유럽에 가서 축구선수로 뛰게 될 것을 믿는다.

"야, 얘! 너 몇 푼 벌어볼 테야?"

호텔 경비원이 나를 불렀다.

"네, 아저씨. 당연하지요!"

"이 손님들을 택시 타는 곳까지 모시고 가 줘. 가장 가까운 데로. 아무리 전화해 봐도 택시를 부를 수가 없어서!"

"걱정 마세요, 아저씨. 저한테 맡기세요!"

한 쌍의 젊은 남녀다. 여자는 키가 크고 옷을 매우 잘 입었다. 굽이 높은 구두를 신고 우아하게 담배를 피웠다. 여자가 내게 물었다.

"얘, 너 리오에서 사니?"

"네. 여기서 태어났어요!"

같이 있던 남자가 나를 불쌍하게 바라보았다. 사람들이 나를 가엾게 여긴다는 걸 나도 잘 알고 있다. 옷도 허름하고, 제대로 된 신발도 신지 않았으니까.

"나중에 크면 축구선수가 될 거예요!"

나는 큰길을 건너며 남자에게 말한다.

"유럽으로 가서 뛸 거예요. 그리고 월드컵에도 나갈 거예요!"

남자는 윙크하고, 여자는 웃는다. 이른 새벽에는 차가 많이 막

한다. 그래서 빈 택시를 잡기란 생각보다 힘들다.

"춤추러 가나요?"

두 사람은 고개를 끄덕였다.

"유명한 리오 축제 때 오면 더 재미있을 거예요! 그 한 주는 모두가 행복하죠!"

두 사람은 웃음지을 뿐 아무 말도 않았다. 서로 마주보며 입을 꼭 다물었다. 우리는 갈 곳 없이 헤매고 다니는 아이들과 마주쳤다. 어떤 아이들은 맨발이고, 어떤 아이들은 조금 취해 있었다.

택시 타는 곳으로 갔지만 택시가 하나도 없었다.

"여기서 기다려야 해요!"

"우리랑 같이 안 있어도 돼. 가서 자야 하잖아."

"아직 이른데요 뭐. 조금 더 기다려도 괜찮아요. 게다가 리오의 밤은 위험해요. 두 분만 두고 갈 수 없어요."

"하지만 넌 아직 어린애잖아! 우리를 지킬 수 있다고 생각하니?"

"당연하지요! 저랑 같이 있으면 아무것도 무서워할 필요 없어요."

남자는 "너무 늦었어. 집에서 걱정하시겠다." 하며 계속 가라고 말했다.

"아니에요. 집에는 절 기다리는 사람이 하나도 없어요. 아빠는 오래 전에 집을 나갔고, 엄마는 밤새도록 일하거든요. 전 아침에 자도 돼요."

택시가 하도 늦게 오는 바람에 나는 내 인생의 절반을 이야기한 것 같았다.

마침내 빈 택시가 오자, 남자는 지갑에서 잔돈 몇 개를 꺼내어 내게 주었다. 저 멀리 코르코바도 산꼭대기에서 그리스도 상이 빛나고 있었다. 그리스도는 두 팔을 활짝 벌려 우리들, 어디로 갈지 모른 채 리오 데 자네이로 밤거리를 헤매는 아이들을 지켜주고 있었다.

아랍 어 편지

마르셀은 엽서 한 장을 받았다.

아빠는 우편함에 있는 청구서와 광고지가 든 수많은 봉투 가운데서 엽서를 찾아냈다.

아빠가 집에 들어오며 말했다.

"마르셀, 누가 너한테 엽서를 보냈구나!"

마르셀은 먼저 엽서의 그림을 보았다. 텅 빈 바닷가에 쓸쓸히 서 있는 등대였다. 빨간 띠들이 둘러쳐진 하얀 기둥의 등대. 마르셀은 그 등대가 어디에 있는 건지 알 수 없었고, 그런 등대를 본 적이 있는지 전혀 기억나지 않았다.

엽서 뒷면을 보았다. 오른쪽 윗부분에 거북이가 그려진 우표가 붙어 있었다. 우표 아래쪽에는 마르셀의 이름과 주소가 쓰여 있었다.

마르셀 로드레다, 마티네스 데 라 로사 거리,
08012 바르셀로나, 에스파그네

사실 에스파그네란 단어는 없다. 엽서를 쓴 사람은 마르티네스를 '마티네스'로, 마르셀의 성 로도레다는 두 번째 모음 '오'를 잘못 써서 '로드레다'로 써 놓았다.

마르셀은 엽서 내용도 이해하지 못했다. 엄마 아빠도 마찬가지였다. 엄마가 말했다.

"별 일 다 보겠네. 아랍 어로 쓰여 있잖아!"

엄마 아빠는 아랍어는 많은 사람이 쓰는 언어이지만, 자기들이 알고 있는 알파벳이 아닌 다른 글자를 쓴다고 설명했다. 마르셀은 글자라기보다 그림, 작고 얼기설기 엉켜 있는 그림 같다고 생각했다.

마르셀이 물었다.

"주위에 아랍 어를 할 줄 아는 사람이 있어요?"

"아니, 아무도 없어."

엄마는 엽서를 읽어 줄 수 있는 사람, 적어도 뭐라고 썼고 누가 썼는지 아는 사람을 꼭 찾아보겠다고 약속했다.

어느 날 오후, 마르셀과 엄마는 산트 파우 거리에 있는 가게에 들어갔다. 마르셀이 처음 가 보는 고깃간이었다.

"여기에서는 동물들을 직접 잡아 파는데, 이슬람 교도들이 고기를 사러 많이 와. 가게 주인은 아랍 어를 할 줄 알지."

엄마는 진열장 뒤에서 손님을 맞고 있는 주인 아저씨에게 인사했다. 주인 아저씨는 그때 머리에 까만 천을 두른 어떤 여자 손님에게 주려고 새끼 산양의 고기를 토막 내고 있었다. 아저씨가 고기를 종이에 싸며 물었다.

"뭘 도와드릴까요?"

"안녕하세요."

엄마가 인사를 건넸다.

"저 사장님, 저희한테 고민거리가 하나 있는데, 혹시 사장님께서 해결해 주실 수 있나 해서요."

그러고는 엄마는 마르셀의 묘한 엽서 이야기를 했다.

뚱뚱하고 웃는 인상의 고깃간 주인 아저씨는 앞치마에 손을 쓱쓱 닦고는 엽서를 집어 들었다. 조용히 엽서를 읽은 다음, 여전히 웃는 낯으로 엄마에게 엽서를 돌려 주었다.

"모로코에서 온 거군요. 엘 자디다라는 도시에서요. 아이가 쓴 거네요! 맞춤법이 여러 개 틀렸어요!"

"뭐라고 썼나요?"

"마르셀이라는 사람에게 썼어요. 자기는 열 살이고, 바닷가에서 살고, 아버지는 아침마다 고기 잡으러 나간대요. 그게 다예요. 끝인사로 행운이 있길 바란대요."

"별일이네."

엄마가 중얼거렸다.

"우린 거기 사는 사람을 한 명도 모르는데."

엄마와 마르셀은 고깃집 주인 아저씨에게 감사하다고 인사를 하고 가게에서 나왔다. 들어갈 때보다 더 알쏭달쏭했다.

다음날 학교에서 쉬는 시간에 마르셀은 소꿉친구였던 파우가

반 친구들에게 엄마 아빠와 모로코로 여행을 다녀온 이야기를 하는 것을 들었다. 오래 전 파우와 마르셀은 서로에게 삐쳐서 한 마디도 안 하고 있다. 싸움의 원인은 별거 아니었다. 세계 어느 곳에서나 가장 친한 친구들 사이의 싸움이나 전쟁이 늘 별거 아닌 것 때문에 일어나듯이 말이다. 파우는 자존심이 강하고 고집이 세다. 마르셀 역시 만만치 않아서 둘 중 아무도 끈끈하게 지켜온 우정을 다시 찾기 위해 양보할 마음이 없어 보였다.

어쨌든 마르셀은 다른 친구들과 파우의 대화에 감히 낄 엄두도 못 내고, '옛 친구'의 이야기를 귀 기울여 듣고 있었다.

'모로코라고? 나에게 묘한 엽서를 보낸 바로 그곳 아니야?'

마르셀은 엄마에게 학교에서 있던 일을 말했다. 엄마는 아빠에게 말하고, 아빠는 같은 사무실에서 일하는 파우 아빠에게 말했다. 그리고 파우 아빠는 아들과 이야기한 것 같았다. 이야기가 다시 전해 왔으니까. 파우는 자기 아빠에게 무슨 이야기를 했고, 그게 나중에 마르셀 아빠한테 전달되었고, 아빠가 엄마에게 또 전해 주었다. 그리고 며칠 뒤 엄마는 마르셀을 불렀다.

"마르셀, 내 생각에는 파우와 이야기해 보는 게 좋겠구나. 그렇게 친했는데 지금은 말도 안 한다고 하더구나! 왜 화해하지 않지?

친구가 얼마나 소중한데!"

　마르셀은 학교에서 나올 때 파우에게 다가가 집에서 간식을 같이 먹겠냐고 물었다. 파우는 그러겠다고 했다.

　간식을 먹고 잠깐 피에스피(3차원 그래픽 게임과 영화, 음악 감상 등 첨단 멀티미디어 기능을 갖춘 차세대 휴대용 게임기—옮긴이) 게임을 한 뒤, 마르셀은 파우에게 아랍 어로 쓴 엽서를 보여 주었다.

　"뭐 아는 거 있어?"

　파우는 고개를 끄덕이고는 마르셀에게 고백했다.

　"모로코에 갔을 때 네가 무척 보고 싶었어. 절교하는 건 바보 같다는 생각이 들었어. 너를 만나서 여행 간 이야기도 하고, 여름에 무슨 일을 했는지 다 말해 주고 싶었어. 우리가 간 곳 중에는 하디다란 마을이 있었는데, 그곳에서 한 아이를 알게 되었어. 그 애 이름은 메디르야. 우리는 친구가 되었지. 그 아이 아빠는 어부야. 네 생각이 많이 나고, 날이 갈수록 얼마나 보고 싶었는지 몰라. 하지만 너한테 편지 쓸 용기가 없었어. 그래서 그 아이한테 나 대신 엽서를 써 달라고 부탁했어.

　'메디르. 내 친구한테 엽서 한 장 써 줄래? 네가 사는 곳이 어떻

고, 네가 뭘 하는 걸 좋아하는지에 대해 써 줘.'

나는 메디르에게 네 주소를 가르쳐 줬어. 그리고 너에게 엽서를
보내 줄 것을 부탁했어."

마르셀은 놀라서 물었다.

"그럼, 너였어?"

"정확히 말하면 내가 아니지. 엽서는 그 친구가 쓴 거야. 그 친
구가 엽서를 썼어. 하지만 난 아무 말도 안 하고 버티고 있는 나의
친구와 내 여행담을 나누고 싶었거든."

우정은 마음의 연결고리다. 우정을 통해 서로의 마음을 전할 수
있었다. 마르셀은 가슴이 뭉클했다. 두 친구는 서로 바라보다 꼭
끌어안았다.

마르셀은 메디르 카다르에게 엽서를 쓰면서 맞춤법을 틀리지
않으려고 애썼다.

뤼 드 라 리그 아하브 42, 엘 자디다. 모로코.

그리고 이렇게 썼다.

고마워, 친구야.

두 번째 이야기:

지하세계의
작은 이야기들

—이곳에 오기 전 고향집에 마음 반쪽을 두고 온 모든 이에게

잃어버린 엄마

문이 막 닫히려는 순간,

한 소년이 지하철에 올라탔다. 마지막 순간을 기다린 것이 틀림없다. 눈 깜짝할 사이 지하철 안으로 들어와서는 고개를 푹 숙이고 통로 가운데까지 걸어갔다. 날씨는 지금 몹시 추웠지만, 그 소년은 반바지를 입고 있었는데, 그 소년을 흥미롭게 지켜보던 마르셀은 추워 죽을 지경이었다.

마르셀은 학교에서 나와 루이스와 이레네와 잠깐 이야기를 나눈 뒤 영어 학원에 가기 위해 지하철을 탔다. 그해 캠브리지 중급 영어 시험인 '퍼스트 서티피케이트'를 취득하기 위해서다. 마르셀의 부모님은 실력을 다지기 위해 일주일에 네 시간, 화요일과 목요일에 두 시간씩 집중 코스를 시키기로 했다.

마르셀은 언제나 나이 어린 외국인들을 눈여겨 보았다. 어느 나라에서 왔을까, 어떻게, 무슨 까닭으로 바르셀로나에 오게 되었을까를 상상해 보았다.

마르셀에게는 모로코 친구가 한 명 있다. 한 번도 본 적이 없지만, 몇 년 전부터 편지와 메일을 주고받는다. 메디르라는 그 친구는 모로코 사람들이나 이웃나라에서 살기가 어려워진 많은 사람이 유럽으로 이민을 가고 있다고 말했다. 어쩌면 메디르의 그 말 때문에 마르셀은 카탈루냐(바르셀로나가 있는 지방-옮긴이)라는 새로운 사회에 막 발을 내디딘 사람들의 이야기와 그들의 경험을 상상해 보는지도 모른다.

지하철에서 만난 그 소년은 누더기 바지를 입고, 맨발에 발가락이 다 보일 정도로 구멍 난 낡은 운동화를 신고 있었다. 의자에 앉아 있던 한 부인이 그 소년을 경멸의 눈초리로 쳐다보았다. 적어도 마르셀은 그렇게 느꼈다. 부인은 홀로 지하철에 올라탄 그 소년을 보고 역겨운 듯 코를 찡그렸다. 마르셀은 소년과 부인을 번갈아 보면서 부인의 태도가 처음에 느낀 혐오감이 구걸을 하고 있는 그 소년에 대해 측은한 마음으로 바뀌는지 지켜보았다. 지하철이 출발하자 부인은 소년에게서 눈을 떼고 허공을 바라보면서 잔뜩 인상을 쓴 채로 고개를 절레절레 흔들고 있었다. 마르셀은 생각했다.

'어쩌면 원래 얼굴 표정이 저런지도 몰라.'

하지만 아니었다. 두 정거장이 지난 뒤 거지 소년이 내리고 여자 아이가 조그만 강아지를 데리고 타자, 무뚝뚝하던 부인은 온화한 표정으로 바뀌었다. 그러고는 예쁘다고 호들갑을 떨었다.

티에르는 지하철 끝에서 끝까지 손을 내밀고 다녔지만 50센티모짜리 동전 두 개밖에 얻지 못했다. 보잘것없었다. 하지만 티에르는 생각했다.

'없는 것보다 낫잖아.'

티에르는 동전을 준 두 여자에게 카탈란 어로 감사하다고 인사한 후 환한 미소를 선물했다. 티에르의 옷차림은 초라했지만, 웃을 때에는 우유처럼 하얀 이가 드러나며 눈부시게 빛났다. 여자들은 순수하고 깨끗한 그 미소를 좋아했고, 놀라워하며 눈을 반짝였다. 티에르는 문 옆에서 쇠봉을 잡고 지하철이 멈추기 기다렸다.

승강장에서 다음 열차가 들어오기 기다리는 동안, 강한 손이 어깨를 움켜쥐어 꼼짝달싹 못하게 만들었다.

"꼬마야, 너! 어디 가는지 말해 줄래?"

아이를 잡고 있는 사람은 제복을 입은 경찰관으로, 안경 너머로 험악하게 아이를 바라보았다. 그 옆에는 몸집이 큰 동료 경찰이 뒷짐을 지고 가만히 서 있었다.

"지하철을 타야 해요, 아저씨!"

"어디 가려고? 말해 봐. 자, 표 좀 보여 줘!"

티에르는 표를 사지 않았다. 사실 표를 살 돈도 없었다. 티에르도 얼마나 표를 사고 싶었는지, 그래서 마음 편하게 지하철을 타고 싶었는지 모른다. 하지만 돈이 없는데 어쩌겠는가. 그래서 자동발권기가 있는 역으로만 다녔다. 쇠봉을 훌쩍 뛰어넘으면 역 안으로 들어갈 수 있기 때문이다. 티에르는 경찰들 앞에서 바지 주머니를 뒤지며 표를 찾는 척했다. 그러는 동안 경찰들은 전혀 믿지 못하겠다는 듯 티에르를 노려보았다.

"뭐야? 못 찾겠어? 진짜야? 옷에 난 그 구멍들 사이로 빠져 나갔는지 어디 보자!"

경찰 한 명이 웃었다.

티에르는 시치미를 뗐다. 허리춤에 손을 얹고 고개를 살래살래 흔들었다.

"저, 못 찾겠어요, 아저씨. 잃어버렸나 봐요."

티에르는 바닥을 보면서 침착하게 말했다.

"꼬마야, 잃어버렸다고? 그럴 줄 알았지!"

경찰은 손을 허리에 얹고서 웃어 제꼈다.

"전 항상 잃어버리거든요. 기억력도 안 좋고, 게다가 덤벙대기까지 하다고요."

경찰 중 한 명이 물었다.

"그럼 네 엄마는?"

"그러니까 엄마도 잃어버렸어요. 아까 다 잃어버린다고 말했잖아요. 이러다간 머리가 어디에 붙었는지 까먹을 날이 올 걸요!"

경찰들은 어이없다는 듯 웃었다.

"이야기해 드릴게요! 재미있는 이야기는 아니지만 어떻게 엄마를 잃어버렸는지 말해 드릴 수 있어요."

그러자 경찰 한 명이 웃음을 거두고 목을 가다듬었다.

"엄마가 돌아가셨다는 말이냐? 잃어버렸다는 게 돌아가셨다는 뜻이야?"

"아, 아니에요. 잃어버렸어요, 잃어버렸다고요. 앉으세요. 여기 벤치에 앉으시면 모든 걸 이야기해 드릴게요. 바쁘지 않으시면요……."

경찰들은 서로 바라보다가 지하철역 승강장 벤치에 티에르를 가운데 두고 앉았다.

티에르의 가족은 기차로 고향마을을 떠났다. 열차가 얼마나 북적대든지! 사실 티에르는 한 번도 기차를 타 본 적이 없었다. 티에르는 이야기를 듣고 있는 경찰들에게도 한 번도 고향마을을 떠난 적이 없다고 설명했다. 티에르는 아주 먼 곳에 있는 알바니아의 한 구석에 콕 박혀 있는 조그만 마을에서 났다.

"아빠는 동물들을 가지고 있었어요. 농장이냐고 물으시겠지요. 아니요. 동물 세 마리. 세기 쉽고 잃어버릴 걱정 없는 세 마리. 돼지 한 마리, 수탉 한 마리, 산양 한 마리. 별거 아니구나 생각하시겠지요. 맞아요. 아무짝에도 쓸모없었어요. 돼지는 맛있는 햄이 되기 위해 희생당할 운명이었지요. 그런데 할머니가 그 짐승에 영혼이 있다는 거예요. 할머니는 약간 선무당 같았거든요. 뭐라 뭐라 주문을 외우더군요. 할머니가 하는 이상한 의식이에요. 그러더니 엄마 아빠한테 돼지님을 희생시킬 수 없다고 했어요. 그렇게 말했어요. 돼지님은 선한 영혼을 가졌다고요. 틀림없이 가족에게 부와 명예를 가져다줄 영혼이라고요. 그럼 부와 명예를 가져다 줬는지 물으시겠지요. 사실 아니에요. 돈도, 햄도 가져다주지 않았지요. 늙어 죽었을 땐 뼈도 쓸모가 없었으니까요. 할머니는 돼지에게 인상적인 장례식을 치러 주었어요.

'어쩌면 이제, 하늘나라에서 예고된 부를 가져올지도 몰라.'

할머니는 아빠에게 그렇게 설명했어요. 할머니를 바라보는 아빠는 죽이고 싶을 만큼 미워하는 얼굴이었어요. 돼지 말고 할머니를요. 하지만 할머니와 아빠는 장모와 사위 사이니까……. 원래 이야기에 집중해야겠어요. 안 그러면 끝이 안 나겠어요. 어디까지 했지요?

아, 그렇지, 동물. 두 번째는 수탉이었어요. 암탉 없는 수탉이 뭘 하겠어요? 아무것도 못하지요. 사실이었어요. 수탉 역시 냄비로 가지 못했어요. 아빠는 틈만 나면 이웃집 동물우리로 수탉을 데리고 가서 며칠씩 두고 왔어요. 그러면 그 주에 이웃집 암탉들이 낳은 달걀들을 두 집에서 나눠 가졌지요. 하지만 언제나 한 주가 끝날 때 이웃은 공평하지 않다고 말했고, 아빠도 손해 본다고 생각했어요. 사람마다 자기 입장이 있기 마련이니까요. 그래서 아빠는 씩씩거리며 기세등등하게 수탉을 데리고 왔어요. 하지만 그 덕에 우리는 한 달 동안 달걀 없이 지내야 했어요. 결국 두 사람은 이 궁리 저 궁리 끝에 다시 수탉과 달걀을 바꾸기로 했지요.

마지막으로 산양. 애물단지 산양은 죽은 어떤 농부한테서 받은 거예요. 그런데 그 산양은 이상했어요. 보통 산양처럼 굴지 않았다는 뜻이에요. 산양은 농부 집에서 개 두 마리와 같이 자랐거든요. 그래서 성격에 문제가 있었어요. 어떤 종류의 문제냐고 물으시겠지요. 별거 아니에요. 자기가 산양이 아니라 개라고 생각했거든요. 개들이 사람을 보고 짖으면, 산양은 그걸 흉내 내는 거예요. 산양이 개처럼 짖으면, 사람들은 당연히 그걸 보고 웃었지요. 그리고 기분 좋을 때 개들처럼 앞발을 들려고 했어요. 하지만 못했지요. 너무 무거워서요. 제 말 이해하시겠어요? 정신 나간 가엾은 산양은 두 발로 서려고 했지만 그렇게 하지 못했어요.

할머니는 복잡하기 짝이 없는 그 동물로부터 자유로워지는 편이 낫겠다고 말했어요. 전 주인이 받은 어떤 저주 때문이라고 하셨죠. 그래서 산양을 놓아주었어요. 어때요, 아빠가 가진 동물들의 그림이 그려지시나요?

두말할 것도 없이 우리는 동물 없이 기차를 탔지요. 기차는 여기의 기차와 달랐어요. 하지만 전 기차란 걸 한 번도 본 적이 없어서 세상의 모든 기차가 다 그런 줄 알았어요. 어땠냐고요? 별거 없어요. 낡고, 부서지고, 창에 유리가 없고, 나무 의자에 방석이 없었어요. 얼마나 심하게 흔들리든지, 빨래통을 가지고 갔다면 거기에 비누를 풀고 빨랫감을 잔뜩 넣으면 세탁기처럼 저절로 빨래가 되었을 걸요.

여기 있는 세탁기처럼 말이에요. 이탈리아에 가기 전까지는 세탁기를 한 번도 본 적이 없었거든요. 이탈리아 땅을 밟은 날, 거리 한복판에 있는 세탁기를 보고 비행접시인줄 알았어요! 비행접시도 한 번도 본 적 없지만, 텔레비전으로는 여러 번 봤어요. 우리 마을에 어떤 집에 그게 있었거든요. 비행접시 말고 텔레비전이요. 그 집에서 UFO 영화를 봤어요. 어쨌든 우리는 기차를 타고 있었어요. 그 기차에 사람들이 얼마만큼 탔을 것 같아요? 여섯 명이 앉는 긴 의자를 상상해 보세요. 그 의자에 15명이 앉았고요. 스무 명이 서 있을 수 있는 통로에는 40명이 서 있었어요. 기차 전체가 사람으로 북적댔어요.

그런데 사람만 있는 게 아니라 동물에, 광주리에, 가방에, 어마어마한 짐보따리들도 있었어요. 여자들은 가장 멋지게 치장을 했어요. 사실 떠나면 못 돌아올 테니, 가방 속에 넣는 것보다 모든 걸 몸에 걸치는 게 더 안전하다고 생각한 거지요. 모든 목걸이를 목에 걸고, 모든 반지를 손가락에 끼고, 모든 귀걸이를 귀에 달고요. 기차가 그렇게 흔들려 댔으니, 목걸이들이 머리 위로 날아다니다 다른 여자 목으로 떨어지기도 했어요. 귀한 보석들과 그렇지 못한 돌멩이들이 널뛰었지요! 여자들이 걸친 목걸이들이란 게 사실 돌이나 종이 반죽이나 닭 뼈로 만든 것들이었거든요. 우리 엄마는 진흙으로 만든 긴 목걸이 하나와 금속으로 된 목걸이를 걸고 있었어요. 카우보이 탄약통보다 더 무거웠을 거예요. 어쨌든 그 기차는 찰 대로 꽉 찼죠. 우리 식구는 여덟 명이었어요. 아빠, 엄마, 아이들 셋(전 둘째예요), 할머니, 할아버지, 이모.

우리는 바닷가 쪽으로 갔어요. 거기에서 배를 타고 바다를 건너 이탈리아로 가려고요. 이탈리아 가 본 적이 있나요? 전 이탈리아 항구에 가 보았어요. 배가 도착한 곳이 그곳이었거든요. 전 그때까지 한 번도 배를 본 적이 없었어요. 그 배는 크고 낡은 배였는데, 사람이 너무 많이 타서 터질 것 같았어요. 아까 설명한 기차를 상상해 보세요. 그럼 이제 그 기차 같은 기차가 열 대 더 있고, 기차 열 대에 타고 있던 모든 승객들이 한 척의 배 안에 들어가 있다고 상상해 보세요. 바다에서 보면 그 배는 마치 작은 초를 빽빽하게 꽂은 생일 케이크처럼 보일 거예요.

사람 하나를 초 하나로 친다면, 나이가 어마어마하게 많은 사람의 생일 케이크였을 거예요. 우리는 용케 갑판 바닥 구석자리를 잡았어요. 할머니가 앉을 수 있게요. 하지만 나머지 가족은 서서 항해를 했지요. 얼마나 오래 걸렸냐고요? 영원했을 거라고 생각하시죠? 거의 그랬어요. 그것도 바다 위에서 선 채로요. 싸 가지고 간 음식은 금세 동이 났고, 물도 마찬가지였어요. 속이 텅 빈 영원함은 더 영원하게 느껴지는 법이지요.

거기서 엄마를 잃어버렸어요. 엄마는 화장실에 가고 싶은 마음이 들었어요. 생각해 보세요! 누가 그런 상황에서 화장실에 가려고 생각했겠어요! 우리 아들들 그리고 할아버지와 아빠도 갑판에서 바다로 직접 볼일을 보았어요. 케이크에서 사방팔방으로 물을 뿜어내는 것처럼 보였을 거예요. 물과 물이 아닌 것들을요. 그런데 엄마는 안 된다는 거예요. 엄마는 거기서 볼일을 볼 수 없다고, 가려진 곳이 필요하다고요. 아빠는 타일러 보았지만 소용없었어요.

'여기 모두가 보는 앞에서 할 수 없어요.'

엄마는 생각을 굽히지 않았지요.

'아직은 체면이 있다고요!'

어쩌면 체면 따윈 상관없고, 소변을 볼 마음도 애초에 없었는지도 몰라요. 엄마는 화장실을 찾아 그 군중 속으로 만족스럽게 행진을 시작했어요.

'순진하긴!'

할머니가 바닥에서 중얼거렸어요. 엄마가 화장실을 찾으러 간 시간이 세 시라고 한다면 일곱 시 즈음 되자 우리는 걱정이 되기 시작했어요. 쉬가 무척 긴 건지, 표현이 상스러워서 죄송해요, 길을 잃은 건지 알 수 없었지요. 여덟 시에 엄마를 찾기 시작했어요. 사람들로 바글바글대는 거대한 그 배의 갑판을 땀과 눈물을 흘리며 휘젓고 다니면서 엄마 이름을 목청껏 불렀지요. 갑판을 훑은 다음, 안으로 들어가려고 했어요.

그런데 밖이 그 정도로 꽉 찼다면, 안은 더 말할 필요도 없겠죠. 정말 바늘 하나 들어갈 틈도 없었어요.

'바다에 떨어지지는 않았을 거야. 그랬다면 누군가의 눈에 띄었겠지.'

아빠는 그렇게 말했어요. 바로 그 이유 때문에 우리는 배의 '화장실들'을 모조리 뒤지고 나서(갑판을 '화장실'이라고 표현한 걸 이해해 주세요), 결국 찾지 못하자 할머니와 할아버지, 이모가 있는 곳으로 돌아가 거기서 엄마를 기다리기로 했지요.

'어쨌든 이탈리아에 도착하면 찾게 되겠지.'

아빠는 투덜댔고, 아까 말한 것처럼 선무당 같은 할머니는 알수 없는 야릇한 표정을 지었어요. 그러고는 다시 한 번 똑같은 말을 내뱉었지요.

'순진하긴!'

내가 보기에 할머니는 우리가 알지 못하는 무언가를 알고 있는 것 같아요. 어쨌든 엄마니까요, 우리 엄마의 엄마. 어쩌면 엄마는, 그러니까 우리 엄마는 화장실 찾는 여행길을 틈타 누군가를 만났는지도 모르죠. 잘 모르겠어요, 모든 게 내 추측일 뿐이에요(그리고 우리 할머니의 추측이기도 하고요). 드디어 이탈리아에 도착했을 때, 이탈리아 사람들은 우리가 배에서 내리는 걸 허락하지 않았어요. 우리가 너무 많다고요. 우리들 모두 한꺼번에 관리할 수 없다고요.

그래서 바로 거기, 이탈리아 항구에 카라비니에리(이탈리아의

군경찰—옮긴이), 장관, 비정부기구 등 이런저런 사람들이 왔고, 모두들 우리 문제를 해결하려고 했어요. 사람들로 꽉 찬 그 배 전체가 상당히 큰 골칫거리였거든요. 목마름과 배고픔의 이틀이 지난 뒤 물과 먹을 것을 주기 위해 아이들을 내리게 했어요. 그 틈을 타형과 나는 도망쳤지요. 제법 쉬웠어요. 아수라장이었으니까요. 우리는 이탈리아 어를 잘 몰랐어요. 겨우 네다섯 단어 정도만 알았지요. 하지만 알게 되었어요. 아쿠아(이탈리아 어로 물이란 뜻—옮긴이), 피자, 스파게티, 밤볼리나(이탈리아의 여자 인형—옮긴이), 아리베데르치(이탈리아 어로 '잘 가, 또 만나'라는 뜻—옮긴이).

이야기하자면 더 길어요. 형과 나는 우리 같은 알바니아 가족을 알게 되어서, 그들과 함께 화물차를 타고 스페인 국경까지 갔어요. 그래서 여기 있게 되었고, 그러니 어쨌든 살아가야 하지 않겠어요?"

티에르는 몸을 일으키며 어깨를 으쓱하고서 머리를 긁적였다.

"그게 인생인 걸요! 어쩌겠어요! 이제 괜찮으시다면 전 가 볼게요!"

티에르는 이렇게 말하고는 뒤로 돌아 승강장 다른 쪽 끝으로 걸어갔다. 두 경찰관은 할 말을 잃은 듯 멍하게 벤치에 앉아 있었다.

삐쩍 마른 새신랑

메이는 지하철 창문을 통해
승강장 벤치에 앉아 있는 두 경찰을 보았다. 가슴이 뜨끔했다.

'맙소사! 경찰이잖아!'

경찰들이 자리에서 일어나 열차 안으로 들어올 게 뻔했다. 그래서 메이는 그들이 바로 앞에 있는 문으로 들어오면, 자기는 다른 문으로 나가 승강장 반대쪽으로 도망쳐야겠다고 마음먹었다. 헌데 아니었다. 운이 좋았다. 두 경찰은 앉은 자리에서 움직이지 않았다. 문이 열리고, 내려야 할 사람은 내리고 타야 할 사람이 모두 탄 후 문이 닫혔다. 그때가지도 경찰들은 꼼짝도 하지 않았다. 메이는 생각했다.

'종이 인형 같아!'

메이는 체류증을 가지고 있지 않아서 불법으로 살고 있다. 체류증을 신청해 놓고 기다리는 중이어서 머지않아 나오겠지만, 지금 당장은 되도록 정부 관리들과 부딪치는 걸 피해야 했다.

스물두 살인 메이는 통로 가운데 문 옆자리에 앉았다. 메이 앞에서 어린 연인이 입맞춤하고 있었다. 둘 다 열다섯 살이 안 되어 보였다. 메이는 생각에 잠겼고, 연인들에게서 눈을 뗄 수가 없었다.

'내가 보고 있다는 걸 알면 화를 내겠지.'

하지만 아직 어른이 아닌 두 학생들의 그 단순한 입맞춤이 꽁꽁 숨겨 두었던 끔찍한 기억들이 머릿속을 휘저으며, 인도에서 살던 어린 시절을 떠오르게 했다. 홀몸으로 바르셀로나에 와서 경찰들의 눈을 피해 다닐 필요가 없었던 그 시절을 말이다.

메이의 엄마는 아직 이른 새벽 여섯 시에 메이를 깨웠다. 메이는 어찌나 졸리든지 눈꺼풀이 달라붙은 느낌이었다.

"아이고, 딸아, 메이야! 어쩜 이런다니! 자기 결혼식 날 잠꾸러기처럼 자는 애가 어디 있니! 제 버릇 못 버리는구나!"

'맙소사! 깜박했어!'

메이는 겨우 열두 살이고, 전날에도 학교에 갔다 왔다. 하지만 오늘은 메이의 결혼식 날이다. 신랑이 될 소년을 한 번도 본 적이 없지만, 다들 그렇게 결혼했다. 메이는 몸을 일으키면서 같은 말을 되풀이했다.

"맙소사!"

여동생 수남과 같이 쓰는 작은 방에는 이미 엄마뿐 아니라, 이모들과 사촌들 그리고 이웃집 여자 두 명이 더 있었다.

엄마는 하소연하듯 말했다.

"어휴…… 누가 낳았는지, 원!"

메이 부모님은 아크샤이 트리티야 날(힌두교의 전통 축제일로 결혼 길일이다.―옮긴이)을 메이의 결혼식 날로 잡았다. 오십 킬로미터 떨어진 곳에 사는 같은 카스트에 속한 후임넬 집안의 막내아들과 메이를 혼인시키기로 한 것이다. 신랑 될 소년의 이름은 이미 알고 있었다. 이름은 프라딥, 나이는 메이와 동갑내기 열두 살이다. 메이의 사촌이 일 년 전 같은 카스트의 다른 여자 아이 결혼식에서 그 소년을 보았는데 조금 숫기가 없지만 약삭빨라 보인다고 말해 주었다. 부모님이 그해 아크샤이 트리티야 날에 그 소년이 신랑이 될 거라고 일러 주자, 메이는 아차 싶었다.

여자들은 결혼식 전날 음식을 준비하기 시작했다. 집안 남자들은 마당에 텐트를 쳤다. 그리고 메이가 아직 신부복은 아니지만 옷을 차려 입고 나오자, 악사들이 연주를 시작하며 결혼식을 알리러 마을을 돌아다닐 채비를 했다. 메이는 미성년자 결혼은 금지되어 있어서 결혼식을 치를 수 없다는 걸 알고 있다. 하지만 모두들 눈감아 주었다. 만약 경찰들이 오면 신부 아버지가 그들에게 술을 대접하고, 값비싼 선물을 하고, 인도화폐인 루피를 얼마 찔러주면 된다.

문제는 관습을 따르는 것이다. 메이의 부모님은 신랑 집에 상당한 금액의 지참금을 주었는데, 아직도 결혼시킬 딸이 하나 더 남아 있었다. "딸 낳으면 집안 망한다"는 소리를 마을 어르신들을 비롯해 아빠까지도 말하는 걸 종종 들었다.

사실 열여덟 살이 될 때까지 부모님과 함께 살다가 그 다음에 남편 집으로 간다는 것을 메이도 알고 있다. 그때부터 시댁에서 신부를 책임지는 것이다. 늘 그래 왔기 때문에 아무도 이런 결혼 관습을 바꾸려는 시도조차 하지 않았다. 메이는 자신의 미래에 대해 계획을 세워 놓고 있었는데, 선생님이 되고 싶었다. 가르치는 일을 하고 싶었다. 그런 메이가 자기 엄마처럼 하루 종일 집에 묶

여 있어야 한다니!

악사들의 왁자지껄한 소리가 메이를 현실로 돌아오게 했다. 그
날은 자기 결혼식 날인 것이다. 정오에 신랑과 신랑 가족이 도착
할 것이다. 그리고 식사시간에 손님들이 오고, 밤에 판딧(종교의식
을 주관하는 사람—옮긴이)이 산스크리트 어로 쓰인 글을 새벽까지
읽을 것이다.

이모가 말했다.

"얘야, 몸단장을 시작해야지!"

이모는 메이의 팔을 잡고 엄마 방으로 데리고 갔다. 방에 들어
온 여자들이 열다섯 명은 더 되었을 것이다. 여자들은 메이를 목
욕시키고, 화장해 주고, 헤나로 손을 물들였다. 그리고 마지막으
로 혼례복을 입히고 코걸이를 달아 주었다.

"얘, 정말 예쁘구나! 마을 사람들이 다 볼 수 있도록 산책하러
나가자!"

산책이 아니라 행렬이었다. 사람들이 집에서 나와 신부의 가족
에게 축하인사를 건네고, 주황색 오드니(신부가 쓰는 긴 천—옮긴이)
속에서 어색하게 미소짓는 신부의 고운 자태를 칭찬했다.

신랑은 제 시간에 도착했고, 메이의 가족은 신랑을 맞이했다.

메이는 집에서 가장 크고 좋은 방에서 면사포로 얼굴을 가린 채 신랑을 기다리고 있었다.

신랑이 방에 들어서자, 메이는 얼굴이 빨개졌다. 신랑은 삐쩍 마른 소년이었다. 신사용 바지와 셔츠를 입고, 머리에 터번을 쓰고, 루피 지폐와 사탕으로 만든 큼지막한 목걸이를 걸고 있었다. 집에서부터 지프를 타고 먼 길을 왔기 때문에 졸린 얼굴이었다. 신랑과 신부는 두 집안 그리고 이웃과 친구들의 선물과 축하를 받기 위해 밖으로 나갔다. 먹을 것과 마실 것, 음악이 있는 큰 잔치였다. 하지만 메이의 마음에는 잔치의 기분이 전혀 들지 않았다.

메이는 아직도 신랑 될 소년과 말할 엄두가 나지 않았다. 면사포 뒤에 숨어서 동생과 사촌이 어떻게 춤추는지만 바라보고 있었다. 그들 틈에 껴서 즐기고 싶은 마음이 굴뚝같았지만, 신부는 절대 그런 일을 해서는 안 되었다. 산스크리트 어로 진행되는 혼인서 낭독은 한도 끝도 없이 길어서 그 시간이 신랑 신부는 빵 없이 보낸 하루보다 더 길게 느껴졌다. 그리고 이내 알아들을 수도 없는 그 기도문을 참지 못하고 신랑은 잠들어 버렸다. '누가 푹신한 베개라도 갖다 주면 얼마나 좋을까!' 하고 메이는 생각했다.

잠자러 가기 전에 신랑 신부는 이야기를 나눌 시간이 있었다.

메이는 그 애가 자기랑 안 맞는다고 생각했다. 신랑은 가축과 오토바이 이야기에만 정신이 팔려 있었다.

"내가 크면 아버지가 지금 갖고 있는 동물보다 더 많은 동물을 갖고 싶어."

"그러면 농장주가 되고 싶은 거네?"

"당연하지! 마을에서 가장 큰 농장. 이제까지 한 번도 본 적 없는 가장 포동포동한 새끼 양들!"

메이가 비위가 상한다는 듯한 표정으로 말했다.

"새끼 양 냄새는 구역질이 나서……."

"그리고 우리나라에서 가장 큰 오토바이를 갖고 싶어!"

삐쩍 마른 신랑은 팔을 번쩍 들고 큰 오토바이를 타는 시늉을 하면서 입으로 오토바이 소리를 냈다.

"부르르르르르릉, 부르르르르르릉!"

"비실비실하면서! 마을에 있는 학교에 다니니?"

"흥! 학교는 별로야."

"당연히 별로겠지. 새끼 양을 돌보고 오토바이 타고 다니려면……."

메이는 그런 남자와 결혼하게 되리라곤 상상도 못했다. 사실 아직 결혼할 나이도 아니지만, 벌써 결혼을 하게 된 것이다.

다음날 신랑 가족을 만나기 위해 신랑이 사는 마을로 갔다. 거기에서 단지 하루를 보냈을 뿐인데, 그것만으로 질려 버렸다. 메이는 자기 가족, 자기 마을, 학교에 익숙해 있었다. 삐쩍 마른 신랑 집에서는 밖에 나가지도 못하게 했다. 그 하루 동안 엄청나게 많은 사람이 메이를 보러 왔다. 여자들은 메이를 만져 보고, 충고를 하고, 어떻게 행동해야 하는지 가르치고, 신랑 집안이 얼마나 대단한지 알려 주었다. 신랑은 아직 혼례복을 입은 채 마치 오토바이를 탄 것처럼 집 아래위로 뛰어다니며 "부르르르르르릉, 부르르르르르릉" 소리를 내기만 했다.

메이는 그 모든 기억이 짙은 안개 속처럼 희미하게 느껴졌다. 당연했다. 그런 결혼에 대한 경험은 열두 살짜리 소녀에게 전혀 어울리지 않았다. 열두 살 소녀는 학교에 가고, 배우고, 놀고, 집안일을 도와야 하는 것이다. 하지만 결혼이라니! 결혼이 무슨 의미가 있는가?

소꿉놀이라면 모를까, 하지만 결혼은 결코 애들 장난이 아니었다. 어린 남편에 대한 흐릿하고 안개처럼 뿌연 기억, 열여덟 살이 되면 정식으로 남편이 될 소년에 대해 메이는 생각했다.

결혼식 후 삼 년이 지나서도 메이는 다니던 학교에 다니고, 부모님과 함께 살았다. 집에서는 거의 남편 이야기는 하지 않았다. 남편은 오십 킬로미터 떨어진 곳에서 메이를 기다리며 흥미 없는 학교에 다니고 있었다. 새끼 양을 살찌우고 오토바이를 타고 달리고 싶은 생각뿐이었으니까. 메이는 죽으면 죽었지 그 남자와 함께 살지는 않겠다고 마음먹었다. 서둘러 다른 방법을 찾아야 했다.

메이는 나이를 먹으면서 학교생활에 더 열심이었고, 선생님들과 더 많이 만났다. 영어를 배워서 다른 나라 여자들이 쓴 책을 읽을 수 있게 되었다. 어떻게 하면 자유로운 여성이 될지 생각하고, 자기가 처한 현실에 대해 생각해 보았다. 부모님이나 친척들 그리고 이웃 사람들은 메이가 자신의 이상을 지키도록 절대로 허락하지 않을 것이다. 메이의 이상은 카스트의 전통적인 사고방식과 절대로 맞지 않았다.

열여섯 살에 메이는 멜레나를 알게 되었다. 멜레나도 메이처럼 선생님이 되고 싶어 했다.

메이는 멜레나를 설득했다.

"어떻게든 도망쳐야 해."

"하지만 어떻게 도망치겠다고? 누구랑? 무슨 돈으로?"

멜레나는 절망적으로 물었다.

"분명 살아가는 게 쉽지 않을 거야."

그래도 해야 했다. 분명히 쉽지 않았다. 전혀 쉬운 일이 아니었다. 인도에서 도망쳐 지구 반 바퀴를 돌아 바르셀로나에 온 것도 쉽지 않았다. 바르셀로나에 오는 길에 메이는 좋은 남자를 만났다. 메이를 사랑하는 남자, 부모들끼리 결혼을 약속한 그 수준 낮은 남자 말고 진짜 남편이 될 수 있는 남자를 만났다.

믿음이 가고, 자식을 낳아 함께 키우고, 삶을 이해하는 방식을 함께 나눌 수 있는 남편 그리고 자기가 고른 남편, 그게 가장 중요했다. 매우 힘겨운 시간이었지만, 폭풍 뒤에는 언제나 고요가 찾아오는 법이다. 메이의 삶에도 바로 그런 일이 일어났다. 메이는 선생님이 될 생각을 포기하지 않았지만, 상황은 늘 꿈을 이루게끔 하지 않는다. 그때마다 메이는 '앞으로 나아가자'라고 마음을 다잡았다. 책 읽기를 무척 좋아했고, 여러 나라를 다니며 그 나라의 언어를 배웠다. 그래서 독일어, 프랑스 어, 영어 그리고 이제 스페인어를 말할 수 있게 되었다. 바르셀로나에서 저녁마다 언어학원에 갔고, 거기서 자신과 같은 수많은 여자를 알게 되었다. 앞으로 나아갈 준비가 되어 있고, 날마다 어려움에 맞서는 여자들, 미래를 만들어가는 여자들이었다.

아버지가 지참금을 엄청나게 지불한 열두 살의 신랑은 그 후로 다시 보지 못했다. 마을을 도망치기 전에 아버지에게는 아무 말도 하지 않았다. 그랬다면 아버지는 메이를 평생 가두어 두었을 것이다. 가엾은 아버지…….

지하철에서 입맞추던 그 아이들은 메이가 결혼할 당시 나이인 열두 살을 많이 넘기지 않아 보였다. 메이는 생각했다.

'여기 애들은 사람들이 많은 곳에서 키스하네, 망측해라! 아마 도망치지 않았다면 지금쯤 나는 그 사람처럼 동물 냄새를 풍기며 살고 있겠지.'

흔들리는 지하철 속에서 눈을 감고 생각했다. 메이가 뚫어지게 바라본 그 아이들은 이제 더는 입맞추지 않고 메이를 이상하다는 듯 쳐다보았다. 메이는 꿈에서 깬 듯 화들짝 놀라 열린 문으로 승강장을 보았다. 그리고 세 정거장이나 지나친 걸 깨달았다.

'맙소사! 넋 놓고 있었네!'

자리를 박차고 문이 막 닫히려 할 때 지하철에서 쏜살같이 내렸다.

터널의 유령들

"그 인도 여자 뭘 보고 있던 거야?
넋이 나간 것 같더라!"

알바의 말에 올라프가 대답했다.

"몰라. 외국인들은 조금 얼빠진 것 같아!"

"짓궂기는! 야, 너도 외국인이잖아!"

두 정거장이 지나서 둘은 지하철에서 내렸다. 서로 부둥켜안고 승강장을 가로질러 밖으로 연결된 계단을 올라 거리로 나갔다. 그곳에서 둘은 헤어져야 했다. 알바는 그 역 근처에 살았고, 올라프는 알바를 바래다주러 온 것이다. 둘은 마지막으로 입을 맞추고 잘 자라고 인사했다. 알바는 다시 한 번 뒤돌아 손을 흔들어 작별 인사를 했고, 올라프는 알바가 모퉁이를 돌아 보이지 않을 때까지 지하철역 출구 앞에서 꼼짝 않고 지켜보았다. 그런 다음 다시 계단을 내려와 지하철 승차권을 넣었다. 집에 가려면 여기서 지하철을 두 번이나 갈아타야 했다.

승강장에 앉아 기다리고 있을 때 앞에 구걸하고 있는 여자가 보였다. 조금 전에 자기들을 바라보던 여자와 비슷한 피부색과 외모를 지닌 여자였다. 올라프는 그 여자들과 달랐다. 올라프도 물론 외국인이다. 사람들이 말하듯 이민자이지만 피부색이 하얘서 아무도 눈여겨보지 않는다. 눈여겨볼 까닭이 없었다. 지하철에서 구걸할 필요도 없었고, 이곳 사람들과 다르게 옷을 입어야 하는 문화권에서 태어나지도 않았다. 아파트에 살고, 학교에 다니고, 가족이 있었다. 물론 아파트는 도심에서 매우 멀리 떨어져 있고, 좁고 어두웠다. 그리고 엄마 아빠는 살기 위해 할 수 있는 한 많은 일을 했다.

하지만 알바처럼 쉽고 편안한 삶이 아니었다. 알바는 도시에서 태어나 좋은 옷을 입고, 아빠는 은행에서 일하고, 엄마는 가구점을 하고 있었다. 올라프의 가족은 알바의 가족과 달랐다. 그 점이 조금, 아니 많이 부담되었다. 올라프는 알바 집에 갈 수도 없고, 집 앞까지 데려다 줄 수도 없는 처지였다. 알바의 부모님은 자기 딸이 올라프 스브레니에브란 녀석과 사귀고 입맞추는 것을 알 리 없었다. 올라프는 여기서 태어난 아이들과 똑같은 기회를 갖고, 똑같은 혜택을 누리지 못한다는 것을 인정해야 했다. 아무리 집이 있고, 학교에 다니고, 가족이 있다 해도 말이다.

가족도 거의 완전한 가족, 알렉세이 유령도 함께 있으니까. 언제나 형의 끔찍한 유령이 올라프를 쫓아다녔다. 특히 지하철역에 혼자 있을 때 모스크바에서의 지난날을 떠올리는 순간, 큰 두려움에 사로잡히게 하였다.

알렉세이는 올라프보다 여섯 살 많았다. 여섯 살이 더 많다는 것은 형제 관계의 모든 면에서 우월함을 뜻했다. 알렉세이는 올라프보다 더 잘 뛰고, 더 똑똑하고, 더 말을 잘했다. 더 상냥해서 어른들의 사랑을 더 많이 받고, 비위를 잘 맞췄다. 알렉세이는 끝내야 하는 시간에 맞추어 멈출 줄 알았지만, 올라프는 언제나 질질 끌다 결국 할 일이 쌓여 힘들어했다. 방법이 없었다. 알렉세이는 모든 면에서 올라프보다 뛰어났다. 바로 그 점 때문에 올라프는 형을 우러러보며 존경했고, 그의 행동을 흉내 내기까지 했다.

모스크바는 짧은 시간에 세계적인 수도에서, 뭐랄까 국민들을 궁지로 내모는 도시로 곤두박질쳤다. 나라는 힘을 잃었다. 모든 공화국들을 잃었기 때문이다. 공화국들이 해체되면서 독립국가가 되었다. 올라프의 아빠는 질리도록 이런 말을 되풀이했다.

"그 연방이란 게 힘이 있어. 공화국들이 합쳐졌을 때 우리는 세계 강대국이었지. 그런데 모든 공화국들이 독립국가가 된 지금 어떻게 버틸지 막막해. 생쥐보다 더 가난해지고 말 거야."

사람들은 일자리를 잃었다. 외국인들이 투자한 돈은 현대적인 건물을 짓는 데 집중되었고, 국민들을 위해 쓸 돈이 남아 있지 않았다. 갑자기 어마어마한 백만장자가 되는가 하면, 가난에 찌든 빈민계층이 생겨났다. "갑자기 돈이 생겨난 곳에는 언제나 부패한 관리나 마피아가 있기 마련이야." 하고 아빠는 말했다. 불법으로 얻은 모든 것은 마찬가지로 일종의 불법 경찰인 마피아가 통제했다. 마피아는 법으로 금지되고, 처벌의 대상이 되는 모든 일을 자신들만의 질서 가운데서 이루어지도록 감시했다.

몇 년 후 지금 다른 나라에 와 있는 올라프는 그때 일을 생각하고 있다. 그 당시 올라프는 매우 어려서 지금과 같은 생각을 하지 못했다.

　알렉세이는 고란의 둘도 없는 친구였다. 알렉세이의 엄마 아빠는 그 사실을 기쁘게 생각했다. 고란의 가족은 발 빠르게 움직여 많은 돈을 모아 화려한 저택을 갖고 있었기 때문이다. 이따금 알렉세이를 집으로 초대하고, 여행에 함께 데려가고, 좋은 선물을 주었다. 고란은 알렉세이와 동갑이었다. 고란과 알렉세이는 올라프는 같이 놀기에 너무 어리다고 말했다. 그래서 올라프가 초대받은 적은 한 번도 없었다. 올라프는 형과 멀어지기 시작했다. 알렉세이는 일주일 내내 고란네 집에 머무르기까지 했다.

　그런데 어느 날 고란의 아버지가 운영하던 사업이 망하게 되었다. 하지만 이미 길들여진 사치스러운 생활은 포기하기 어려운 법이다. 올라프의 가족은 신문과 지방 텔레비전 방송을 통해 고란 아버지의 사업 소식을 알고 있었지만, 알렉세이는 친구 집 문제에 대해 전혀 입을 열지 않았다. 여전히 고란의 집을 드나들었고, 집에 돌아오면 엄마가 숨넘어가게 질문을 퍼부었지만 알렉세이는 필요 이상의 말은 하지 않았다.

　어느 주말, 알렉세이는 엄마 아빠에게 고란네 집에 가게 해 달

라고 했다. 그리고 일요일 밤에는 전화로 고란네 집에 이틀 정도
더 있겠다고 말했다.

"주중에? 이제 월요일인데! 월요일에 친구 집에서 뭘 하겠다는
거니?"

엄마는 이상해서 물었다. 알렉세이는 고란의 부모가 화요일이
결혼기념일이라 그날 파티에 초대받았다고 설명했다.

"준비하는 데 도와드려야 하거든요."

"하지만 학교를 빠지면 안 된다. 알겠니?"

"당연하지요, 엄마."

하지만 알렉세이는 수요일이 되어도 전화 한 통 없었다. 그 다
음날 엄마는 안절부절못하며 고란네 집에 전화를 걸었다. 아무도
받지 않았고, 밤에도 마찬가지였다. 알렉세이가 걱정된 엄마는 아
빠와 함께 고란네 집을 찾아갔다. 그들은 자신들의 집에서 멀리
떨어진, 모스크바의 부자동네에 살고 있었다. 집에는 아무도 없었
다. 이웃집 여자가 그들이 계속 초인종을 누르는 것을 보고 가까
이 와서, 고란네 가족은 수백만 루블 횡령으로 고소당한 뒤 어디
론가 사라졌다고 알려 주었다.

"텔레비전 못 보셨어요? 방송마다 그 얘기뿐이던데."

알렉세이의 엄마 아빠는 경찰에 달려가 고란의 부모가 사라진 것을 확인했다. 하지만 그 집 아들 고란은 같은 모스크바에 사는 친척집에서 지낸다는 사실을 알아냈다. 친척집 주소로 찾아갔지만 거기에는 아이들의 흔적도 없었고, 친척 아주머니는 아무것도 모르고 있었다. "그 집안은 망한 거야." 하고 친척 아주머니는 예언을 하듯 손가락을 올리며 말했다.

"내가 늘 그렇게 말했거든요. 그리고 그 아들 녀석은 태어날 때부터 망나니였어요. 이모인 내가 이렇게 말할 정도면 말 다했지, 뭐."

알렉세이가 없어진 뒤부터 모든 사실이 차츰차츰 드러나기 시작했다. 오래 전부터 고란네 가족은 도시의 경제를 쥐락펴락하는 마피아들과 연결되어 있었다. 고란의 부모는 마피아들과 서로 편의를 봐 주었고, 이 범죄 조직에서 돈을 끌어다 썼다. 그리고 고란은 마약과 관련된 사건으로 여러 차례 체포된 적이 있었다. 경찰 기록에 보면 열네 살밖에 안 되었지만 벌써 절도죄, 무기소지, 공갈 협박죄가 있는 것도 알게 되었다.

엄마 아빠는 그 사실을 믿을 수 없었고, 행방불명된 아들의 발자취를 따라 여기저기 뛰어다녔다. 그리고 그들은 열둘에서 열여섯 살밖에 안 된 모스크바 범죄 청소년들의 생활상을 눈으로 확인했다. 그들은 마약을 하고, 버려진 건물에서 살고 있었다. 그들은 순진함을 이용하는 양심 없는 악덕업자들의 노리개였다. 알렉세이의 엄마 아빠는 모든 거리, 모든 광장을 경찰들과 함께, 때로는 자기들끼리 찾아다녔다.

딱 한 번 올라프도 같이 간 적이 있었다. 보통 때는 형을 찾는데 함께 가지 않지만, 엄마 아빠가 예정에 없이 경찰과 변두리 지역을 조사하기로 했던 것이다. 올라프는 아빠 손을 잡고 터널 같은 곳을 지나갔다. 버려진 옛 지하철역인데, 그곳에는 알렉세이 또래의 아이들이 모닥불 곁에서 몸을 쬐고 있었다. 아이들이 그들을 보고 도망치자 엄마는 절망적으로 도망치지 말라고 소리쳤다. 알렉세이 스브레니에브란 아이를 찾을 뿐이라고, 아무도 붙잡아 가지 않을 거라고 말했다. 하지만 같이 간 경찰은 총을 겨누며 아이들 뒤를 쫓았다.

올라프는 그 끔찍한 광경 앞에서 넋을 잃고 말았다. 맨발에 허름한 옷을 걸치고 바들바들 떠는 야윈 아이들. 아이들이 사방팔방으로 황급히 도망치는 가운데 엄마는 눈물을 뚝뚝 흘리면서 아들의 이름을 미친 듯이 불러댔고, 팔을 붙잡아 세우려고 했다. 올라

프도 그들 뒤, 그들을 쫓는 엄마와 무기든 경찰과 아빠의 뒤를 따라 뛰었다.

올라프는 눈빛을 잃은 얼굴들과 마주쳤다. 엄마가 잃어버린 자기 아들인지, 그 방황하는 영혼들 중 사랑하는 알렉세이가 있는지 알아보기 위해 붙잡은 얼굴들을 보았다.

그날 이후, 올라프는 알렉세이를 결코 만나지 못할 거라는 걸 알았다. 만약 형이 그 낡은 지하철역에서 본 유령들 중 하나가 되었다면, 거의 팔 년이 지난 지금 계속 살아 있기는 불가능했다.

사건을 해결할 방법이 없었고, 아빠의 일도 어려워져 모든 직원이 일자리를 잃게 되었다. 올라프의 가족은 결단을 내려야 했다. 몇 년 전부터 카탈루냐에서 살고 있는 사촌이 있는 곳으로 떠나기로 결심했다. 하지만 모스크바에서 멀어지면서 그들이 살아 온 인생 드라마에서도 멀어졌다. 엄마는 많은 고통을 받은 뒤 모스크바를 떠나기로 마음먹었다. 그들이 떠나고 나면 아들을 만날 실낱 같은 희망마저 사라진다는 것을 알았지만 말이다.

시간이 흐르고, 올라프는 이제 알렉세이가 사라졌을 당시 나이보다 더 나이를 먹었다. 때때로 집에서 엄마가 올라프를 당황스럽게 쳐다볼 때가 있다. 알렉세이와 헷갈려서 그랬을 것이다. 올라프가 급히 화장실에서 나오거나 부모님이 텔레비전을 보는 동안 느닷없이 부엌에 나타나면, 아마도 올라프는 엄마 눈에 잃어버린 알렉세이로 바뀌는지도 모른다. 둘은 많이 닮았기 때문이다. 나이를 먹을수록 올라프는 형을 더 닮아갔다. 그래서 엄마는 혼란스러워하며 무슨 말을 해야 할지 모른 채 올라프를 바라보았다. 사실 아무런 말이 필요 없었다. 올라프는 말을 주고받지 않아도 엄마의 행동을 이해했다. 그래서 엄마를 안아 이마에 입맞추며 "저예요, 엄마" 하고 말하면, 엄마는 고개를 끄덕이고 하던 일을 계속했다.

올라프의 가족은 누 바리스에 있는 아파트에 산다. 엄마는 상제르바시라는 러시아 음식점에서 요리하고, 아빠는 공장에서 일한다. 엄마 아빠는 아침 일찍 나가 밤늦게 돌아오셨다. 올라프는 학교에 다니며 카스테야노 어를 정확히 말하게 되었고, 카탈란 어를 상당히 잘한다. 운동도 잘하고, 친구가 많다. 또한 마음이 잘 통하는 알바를 알게 된 지금 질투가 조금 많아졌다.

그러나 올라프의 가족은 모스크바에 살 때보다 생활수준이 낮

아졌다. 바르셀로나에서는 모스크바에서 갖고 있던 사회적 지위를 누리지 못했다. 처음에는 현실을 받아들이기 힘들었다고 알바에게 말한 적이 있다. 하지만 어쨌든 적응해야 했다. 올라프의 아빠는 같은 도시에 사는 러시아 친구들에게 이렇게 말하곤 했다.

"우리 가족은 자존심이 무너진 이민자들이고, 게다가 온전하지도 않다네. 시간이 지나면 이민자라는 생각이 안 들 수 있겠지. 우리 아들이 몇 년 안에 진짜 이 나라 사람처럼 되기를 바란다네. 우리는 자존심과 예전에 누리던 사회적 지위도 회복하고, 더 좋은 일자리도 얻을 수 있고, 아내는 더는 다른 사람들을 위해 요리하지 않아도 될 걸세. 그건 가능한 일이야. 우린 그런 미래를 꿈꾸지. 하지만 들어서 알겠지만 우리 가족은 언제나 온전하지 못한 채로 있을 거야. 우리의 한 부분, 매우 중요한 한 부분이 모스크바 거리를 헤매고 있어. 사람 몸을 하고서 다닐지, 아니면 고통스런 영혼이 되어 다닐지 우린 알 수 없네. 우리는 가슴의 일부를 모스크바에 두고 왔고, 그 점은 미래가 없는 일이야. 그 점은 오늘도, 내일도 언제나 아픔과 그리움의 과거이자 현재일 걸세."

올라프 엄마는 러시아와 구소련의 다른 공화국들에서 행방불명된 사람들을 찾아주는 단체들과 연락을 계속하고 있다. 때때로 예전에 알렉세이 사건을 맡은 경관에게서 관심 어린 전화를 받는다. 경관은 이제 은퇴했지만, 아직도 새로운 소식이 있는지 여전히 지켜보고 있다.

어느 날 그는 엄마에게 전화를 걸었다.

"떠나신 후로도 상황은 좋아지지 않았어요. 젊은이들은 계속해서 거리에서 방황하고 있답니다, 부인. 날마다 도시 변두리에 있는 기차역과 마약을 파는 으슥한 동네에서 방황하는 젊은이들을 봅니다. 남녀 할 것 없이 수백 명이에요, 부인. 하지만 문제는 아무도 그들을 신경 쓰지 않는다는 점이에요."

올라프는 자신의 옆에 앉아 있는 듯한 형의 유령을 쫓아내야 했다. 형이 그리웠고, 형 때문에 고통을 받았다. 아침마다 일어나면 엄마가 일 나가기 전에 부엌에서 눈물짓는 모습을 보았다. 형 때문에, 가족 중 한 명이 없는 상실감에 운다는 것을 알고 있었다. 좁고 어두컴컴한 그 아파트에서 불완전한 가족의 모습은 여실히 드러났다. 전에는 곁에 있던 혈육을 잃은 가족, 새로운 현실에 적응하면서 동시에 식구 중 한 명을 잃은 채 살아야 함을 인정해야 하는 가족의 모습이었다.

올라프는 배낭을 메고 지하철에 오른 여자 아이들 무리의 깔깔거리는 웃음소리에 정신이 번쩍 들었다. 빈자리가 없어서 아이들 모두 문 옆에 서 있었다. 한 여자 아이는 피부가 검고, 귀엽게 땋은 머리에 화려한 색깔의 핀을 잔뜩 꼽고 있었다. 올라프보다 더 어렸고, 마찬가지로 외국인임이 틀림없었다. 올라프와 여자 아이는 알아보기나 한 듯 잠깐 눈이 마주쳤다. 하지만 올리프는 한 번도 그 아이를 본 적이 없었다. 올라프는 생각했다.

'이 아이도 내가 외국인이라는 걸 알아차린 것 같군.'

울라프는 곧바로 눈길을 돌려 가방을 열고 아이팟을 꺼낸 다음 헤드폰을 머리에 썼다.

여기저기로 흩어진 가족

제니퍼는 헤드폰을 쓰고 앉아 있는

금발머리의 소년을 뚫어지게 쳐다보았다. 제니퍼의 머리카락은 새카맣고 곱슬거렸다. 그런 머리카락을 총총하게 땋고 다닌다. 제니퍼는 찰랑찰랑한 금발머리를 갖고 싶지만 엄마 아빠도 자기처럼 뭉쳐 있는 까만 머리라 어쩔 수 없었다. 제니퍼는 찰랑찰랑한 금발머리 남자 아이들을 다 좋아했다. 누군가를 금세 좋아하는 성격이라 아무도 못 말렸다!

제니퍼는 방과 후 정보처리 수업을 듣는다. 산토도밍고에서 이 도시로 와서 처음 컴퓨터 자판을 눌러보았다. 불과 이 년 전 일이다. 다른 과목들은 반 친구들에 비해 떨어졌지만, 정보처리 과목에서는 아니었다. 당시 제니퍼는 정보처리반을 컴퓨터반이라 부르며, 그 반에 등록해 달라고 엄마를 졸랐다.

"선생님이 미래는 컴퓨터에 달려 있다고 했어. 꾸물대다간 미래가 나를 비껴갈 거야."

제니퍼 엄마는 부유한 동네의 집들을 청소하며, 가족을 돌보기 위해 허리띠를 졸라매야 했다. 도미니카공화국에서 막 이곳으로 와서 일을 시작한 첫 날부터 그렇게 악착같이 돈을 모으지 않았다면, 산토도밍고에서 제니퍼도 남동생도 데려오지 못했을 것이다. 그래서 제니퍼는 늘 엄마한테 고마웠고, 미래에 대한 꿈을 갖고 노력하면서 엄마가 주는 기회들을 잘 활용했다.

제니퍼 엄마의 이름은 로사다. 로사는 현실에 맞서 싸우는 강인한 여자였다. 더는 희망이 없는 산토도밍고를 떠나 비행기를 타고 다른 대륙으로 가기로 마음먹었다. 아는 사람이 몇 년 전 유럽으로 이민 가서 그곳 형편이 좋다는 것을 알고 있었다. 그래서 그 길을 선택한 것이다. 하지만 이미 결혼해서 두 아이가 있었다. 뿐만 아니라 조국을 떠날 때 뱃속에 또 한 아이를 임신하고 있었다. 유럽에서 태어날 셋째 아이였다.

　로사의 인생살이는 대다수 이민자들의 삶과 같았다. 비행기표를 딱 한 장만 살 수 있을 정도의 돈을 모을 수밖에 없었다. 그건 남편과 자식들을 두고 가야 한다는 의미였다. 단지 뱃속에 있는 아이 한 명만은 데리고 갈 수 있었다. 제니퍼는 산토도밍고에 아빠와 할머니 그리고 남동생과 남게 되었다. 산토도밍고에는 으리으리한 호텔과 여행사에서 선전하는 지상천국인 바닷가도 있지만, 반면 적은 일자리에 쥐꼬리만 한 봉급, 허름한 아파트들이 더 많았다.

　떠나는 날, 엄마는 제니퍼와 남동생에게 말했다.
　"돈을 모아서 너희들을 유럽으로 데려올 거야, 엄마가 약속해. 우린 가족이잖아, 가족은 여기저기 흩어지면 안 되고 함께 살아야 하거든."
　그날 저녁 제니퍼의 가족은 엄마를 배웅하러 공항으로 갔다. 손을 들어 잘 가라고 인사하였다. 바바로, 푼타 카나 바닷가에서 열흘 간의 휴가를 보내고 여행 가방을 들고 가는 관광객들 사이로 엄마가 사라지는 모습을 보았다.

"아빠, 이제 엄마 없이 어떻게 하지?"

아빠는 두 아이의 손을 잡고 어깨를 으쓱하며 버스 정류장 쪽으로 걷기 시작했다.

"이제까지 해 온 것처럼 하면 돼."

이 말은 제니퍼에게는 학교에 가고, 할머니를 도와 집안일을 하고, 주말에는 일레나 이모를 돕는 일을 의미한다. 사실 아빠 말처럼 늘 해 오던 일을 하면 된다. 하지만 이제는 엄마 없이 해야 한다. 엄마 없이 찢어진 옷을 꿰매는 걸 돕고, 엄마 없이 동생이 숙제하는 것을 돕고, 엄마 없이 맛난 바나나 케이크를 만들어야 한다.

잠시 엄마와 떨어져 지내게 된 것은 제니퍼뿐만이 아니었다. 반 친구들 중에는 제니퍼와 같은 처지의 아이들이 여럿 있었다. 판초, 작슨, 이레네, 파키타를 비롯해 수두룩했다. 쉬는 시간에 그 아이들과 유럽이나 미국에 가면 어떻게 살지 상상하며 놀았다. 제니퍼는 예쁜 옷을 입고 굽 달린 구두를 신고 파티에 가고, 유적들로 가득 찬 도시들을 거닐고 싶었다. 디자이너들이 자기가 만든 옷을 다른 사람들이 감상할 수 있도록 패션쇼를 하는 것을 잡지에서 봐서 알고 있었다.

제니퍼의 꿈은 의상 디자이너이다. 의상 디자이너가 되어 패션

쇼를 여는 걸 꿈꿨다. 그리고 또 바라는 건, 매우 가까운 친구들에게만 말했는데, 왕자님처럼 키가 크고 금발에 파란 눈을 가진 남자친구를 만나 결혼하는 것이다. 산토도밍고에는 제니퍼에게 푹 빠진 남자 아이가 한 명 있었는데, 일요일에 제니퍼가 모델로 시장에서 일레나 이모를 돕고 있으면 제니퍼를 훔쳐보곤 했다. 하지만 그 아이는 땅딸보에 제니퍼처럼 피부가 검고 머리가 곱슬이며, 이름도 제니퍼 아빠처럼 산토스였다.

엄마는 일주일에 한 번 아이들에게 전화했다. 유럽에서의 생활은 상상했던 것처럼 그렇게 멋지지 않고, 일을 매우 많이 해야 한다고 설명했다. 그리고 날씨가 춥고, 때때로 사람들이 피부색 때문에 안 좋은 눈으로 쳐다보기도 하며, 물가가 비싸다고 했다. 엄마는 막 태어난 여동생 바네사의 사진을 보내 주었다. 제니퍼는 아빠가 사진을 보면서 눈물 흘리는 모습을 보았다. 아빠는 이렇게 중얼거렸다.

"가엾은 로사. 병원에서 혼자 애 낳느라 고생 많이 했을 텐데."

바네사는 언니와 오빠를 닮았다. 피부가 검고 머리가 곱슬이었다. 아직 어린 남동생 스미스는 신기해했다. 자기 여동생이 유럽 사람들처럼 피부가 하얄 거라고 생각한 모양이다.

'멍청하긴!'

제니퍼는 속으로 동생을 흉봤다.

로사가 바르셀로나에 온 지 오 년이 되자, 비로소 아이들을 데리고 올 준비가 되었다. 어느 정도 안정된 일을 갖게 되었고, 방두 개짜리 아파트를 전세로 얻었다. 무엇보다 아이들과 함께 살고싶은 마음이 간절했다. 로사는 산토도밍고에서 바르셀로나까지오는 아이들의 비행기표를 마련하기 위해 악착같이 돈을 모았다. 그 해에는 예년처럼 성탄절에 고향에 가지 않아 아이들을 데려오는 게 가능했다.

성탄절에 로사는 가족 없이 홀로 보냈다. 대신 돈을 많이 아낄수 있었다. 하지만 남편도 데려올 만큼 충분하지는 않았다. 그래서 아빠는 당장은 고향에서 일하며 나머지 가족을 돌보기로 했다. 어느 일요일, 아빠는 식사하기 전에 아이들을 불러 모았다.

"매우 중요한 일을 말하려고 해."

제니퍼도 스미스도 예상했던 터라 아빠 말을 듣기도 전에 기뻐했다. 하지만 아빠가 같이 가지 못할 거라는 건 상상도 못했다.

"그러면 아빠 혼자 여기서 뭘 할 건데?"

제니퍼는 슬펐다.

"우리한테 안 좋은 일이 이번 처음이 아니잖니. 우리에게 닥치는 일을 순순히 받아들여야 하고, 너희들 엄마가 그랬듯이 모든 건 제자리로 돌아올 거라 믿어야 해. 우리의 목표가 가족이 함께 사는 거라면, 언젠가는 이루어질 거야. 다른 길은 있을 수 없으니까."

로사는 아이들을 데리고 오기 위해 공항버스에 오르기 전, 조국의 수호성인인 알타그라시아 성모상에 입을 맞추었다. 이제 여섯 살이 된 바네사를 데리고 출구에서 아이들을 기다렸다. 그 비행기에는 어린이 두 명이 타고 있고, 도착하면 엄마가 아이들을 데려갈 수 있도록 공항직원한테 말해 놓았다. 드디어 아이들이 도착하자 네 사람은 서로를 뜨겁게 안아주었다. 아이들을 되찾은 엄마의 가슴 찡한 사랑의 표현 앞에서 사람들은 눈시울을 붉혔다.

제니퍼와 스미스는 새로운 생활에 적응해 갔고, 막내 여동생은 가장 훌륭한 선생님이었다. 바네사는 매우 똑똑해서 도시생활에 금세 적응했다. 지하철, 지도, 상점, 슈퍼마켓 등. 엄마는 아이들이 단 하루라도 수업을 빼먹지 않도록 곧바로 학교에 보냈다. 아이들은 수학, 스페인 어, 자연과학처럼 산토도밍고에서 공부하던 과목들 이외에도 바르셀로나 사람들이 말하는 카탈란 어를 공부하느라 진땀 뺐다. 그리고 정보통신이라는 것도 산토도밍고에서는 한 번도 해 본 적 없는 과목인데, 바르셀로나에서는 날마다 시간표에 들어 있었다. 로사의 계획 중에는 컴퓨터를 사는 일이 있다. 아이들이 학교 숙제를 하고, 인터넷 검색을 하고, 다른 학생들처럼 메신저로 대화를 나누게 하기 위해서다. 이 외에도 로사에게는 또 다른 숙제가 있다. 바로 남편을 데려오는 일이다. 사흘 전 로사는 세 아이들과 라 바르셀로네타를 거닐며 아빠를 부를 준비가 다 되었다고 알렸다. 돈을 모으고 아빠가 왔을 때 할 일도 찾아 놓았다고 말했다.

"우리 모두 함께 살려면 집이 조금 비좁겠는걸!"

세 아이들은 뛸 듯이 기뻐하며 엄마의 노력과 수고에 감사했다.

"뭔가를 이루는 건 힘들어. 하지만 중요한 건 얼마나 원하는가야. 온 마음을 다해 원하면, 아무리 힘든 일이라도 길이 보인단다. 어떤 경우든 자존심을 잃지 말고, 우리가 누구이며 어디서 왔고 무얼 원하는지에 대해 긍지를 가져야 해."

제니퍼는 엄마가 말한 자존심과 긍지가 무엇인지 깨달을 기회가 여러 번 있었다. 6월, 학교 수업이 없는 어느 날 오후, 제니퍼는 엄마를 따라 엄마가 청소하는 한 은행의 본사에 간 적이 있다. 엄마가 정기적으로 하는 일이 아니었고, 이 주 정도 산토도밍고에 가야 하는 친구를 대신해서 일을 해 주는 것이었다. 사무실은 매우 현대적이었고, 문은 유리로 되어 있었다. 무엇보다 밖에서 훤히 들여다보였기 때문에, 제니퍼는 엄마를 돕기 위해 앞치마와 머릿수건을 하고 있는 게 조금 창피했다.

엄마가 말했다.

"무슨 상관이야! 이곳에는 널 아는 사람이 아무도 없는데! 그리고 널 알아보면 어때? 우리는 일하러 온 거야. 부끄러울 거 하나 없어."

엄마와 제니퍼는 책상을 정리하고, 휴지통을 비우고, 먼지를 털고, 바닥을 쓸었다. 바로 그때 제니퍼는 또래의 남자 아이들이 사무실 밖에 있는 계단에 걸터앉아 자기를 보고 있는 것을 보았다. 제니퍼는 신경이 곤두섰다. 제니퍼가 당황하는 것을 알아차리자, 그들은 웃기 시작했다. 제니퍼를 보며 수군거리며 짓궂은 표정으로 키스를 날리는 시늉을 했다. 제니퍼는 속으로 욕했다.

'얼간이들!'

부끄럽고 화가 나 죽을 지경이었다. 그들이 멈추지 않고 계속

놀리자, 제니퍼는 엄마에게 일렀다.

엄마는 창가로 가서 가라고 손짓했다. 하지만 아이들은 낄낄대며 손가락으로 싫다는 시늉을 하고, 얼굴을 더욱 바싹 들이댔다. 그러고는 밖에서 소리쳤다.

"우리가 신경 쓰여? 우릴 위해 춤 좀 춰 볼래?"

엄마는 딸에게 신경 쓰지 말라고 했지만, 제니퍼는 두려움을 느꼈다.

'안으로 들어오면 어쩌지? 강도짓이라도 하면? 우리를 다치게 하면?'

엄마가 열쇠로 다 잠가 놓아서, 안으로 들어올 수 없었다.

엄마와 제니퍼는 계속해서 바닥을 쓸면서 그 아이들의 몹쓸 짓거리를 모른 체했다. 어떤 애는 얼굴을 유리창에 딱 붙이고 원숭이 흉내까지 냈다. 그러자 엄마는 아무렇지도 않은 듯 제니퍼에게 아이들을 들어오게 할 생각이니 가만히 있으라고 했다.

제니퍼는 놀라서 물었다.

"엄마, 정신 나갔어? 일자리에서 쫓겨나면 어떻게?"

하지만 믿을 수 없다는 듯 깜짝 놀란 눈으로 제니퍼가 쳐다보는 가운데, 엄마는 앞치마를 두르고 빗자루를 든 채 문을 열고 거리로 나갔다. 아이들도 덩달아 넋을 잃었지만, 겁을 먹거나 도망치지 않았다. 반대로 아이들 중 하나는 엄마에게 대들었다.

"왜 그래요? 무슨 문제 있냐고요?"

엄마는 침착하게 '없다'라고 말했다. 하지만 만약 자기들이 하는 일에 정말 그렇게 관심이 많다면 들어와도 좋다고 했다.

"춥지도 않고, 안락한 의자에 편안하게 앉을 수도 있잖아. 내가 보기에 너희들 중 하나가 동물원 원숭이 흉내 내는 것 같아서 나와 함께 들어가자는 거야. 내가 동물우리 안에 있는 기분이 드는 게 싫거든."

원숭이 흉내를 냈던 아이가 말했다.

"그게 무슨 말씀이세요?"

"너한테 얘기한 대로야. 나는 너희들과 같은 사람이야. 저 애는 내 딸이야. 너희 또래고, 너희들처럼 학교에 다녀. 우리는 우리를 원숭이라고 생각하지 않아. 그래서 그런 불쾌한 기분을 갖지 않기 위해서, 너희들이 들어와서 우리가 어떻게 일하는지 보라는 거야. 마치 내 자식인 것처럼 그리고 나는 너희 엄마인 것처럼. 자, 이리 와! 멍청하게 서 있지 말고!"

그들 중 하나가 고개를 떨군 채 말했다.

"아무도 싸움 걸 생각은 없었어요. 다만 장난친 것뿐이에요."

"넌 일하고 있는 두 여자가 우습다고 생각하니? 우리가 극장이나 텔레비전 안에 있다고 생각하는 거야? 너희들 재미있게 해 주려고 내가 청소한다고 생각해? 아니, 이건 일이야. 내 가족을 먹여 살리기 위해 일하는 거라고. 우린 먼 곳에서 왔지만 너희 부모들처럼 일을 해야 한단다. 우리가 일하는 것을 놀릴 이유가 없는 것 같은데."

"그러려고 한 게 아닌데……."

"아, 아냐? 그럼 뭐지? 우리 딸을 비웃으려고? 좋아. 다시 말하는데 들어와. 그러면 딸을 소개해 줄게. 분명히 너희랑 같은 학년일 테니 선생님, 학점, 텔레비전 프로그램, 비디오 게임에 대해 이야기할 수 있을 거야. 들어올래? 아니면 거기 있을래?"

그들 중 하나가 말했다.

"방해하고 싶지 않아요. 일하고 계시잖아요."

"바로 그거야. 그게 우리가 하고 있는 거야. 모든 사람들처럼 일하는 거. 그런데 너희들은 지금까지 완전히 반대로 우리를 방해하고 있었어. 그게 무슨 뜻인지 알아? 우리는 더 늦게까지 일을 해야 하고, 더 늦게 저녁을 먹어야 한다는 거야."

아이들은 아무 말도 하지 않았다. 모두 바닥을 내려다보며 조용히 있었다. 엄마는 끈질기게 물었다.

"들어올래, 말래?"

"괜찮아요."

가장 말 많던 아이가 대답했다. 그리고 조금 뒤 덧붙였다.

"저희가 조금 도와드릴까요? 버린 시간을 메우려면, 제 말은……."

"괜찮아, 어쨌든 고마워. 너희들이 할 일은 더는 방해하지 않는 거야."

아이들은 가면서 여러 번 사과를 했고, 엄마는 사무실로 들어왔다. 안에서 대화를 엿들은 제니퍼는 감동을 받았다. 엄마는 그런 제니퍼에게 윙크를 하며 말했다.

"서두르자, 아니면 늦겠어."

그러고 나서 엄마는 아무 일도 없던 것처럼 계속해서 바닥을 쓸었다.

제니퍼와 학교 친구들은 갈아타야 할 역에서 내려 다른 노선을 타러 갔다. 휘황찬란한 네온 불빛으로 빛나는 통로를 지날 때, 거

무스름한 피부에 키가 큰 소년과 마주쳤다. 소년은 운동복 바지와 까만 점퍼를 입고 있었고, 머리가 매우 짧았다. 제니퍼는 아랍 사람을 보면 언제나 꿈의 궁전에 사는 동화 속 왕자님이 떠올랐다. '그런데 이 사람은 스킨헤드 족(극우 민족주의자─옮긴이) 같아.' 하고 생각했다. 제니퍼는 상상력이 매우 풍부해서, 머지않아 저 사람 같은 아랍 왕자가 와서 자기를 아라비안나이트의 나라로 데리고 갈 것이라고 생각했다.

킥복싱 선수

아흐메드는 지하철 승강장 벤치에 앉아

헤드폰을 끼고 친구들을 기다리고 있었다. 옆선에 흰 줄 두 개가 들어간 파란색 운동복 바지를 입고 있었다. 머리는 매우 짧고, 점퍼 속에 까만 땀복을 입고 있었다.

아흐메드는 바르셀로나에서 태어났지만 부모님은 아니다. 그 점 때문에 아흐메드가 여기 사람인지 아닌지 북아프리카 친구들과 종종 말다툼을 했다. 아빠는 조국 튀니지에서 이민 와서 카탈루냐에 자리 잡았다. 일자리를 얻고, 짧은 시간 안에 아내, 다시 말해 아흐메드의 엄마와 큰 아들 유네스를 데리고 왔다. 같은 상

황에 있는 모든 사람들이 다 그렇게 할 수 있는 건 아니었다. 엄마
는 아는 사람도 없고, 친구도 없어서, 오랜 시간 온전히 집에서만
지내면서 어느 누구와도 어울리지 못했다.

그래서 아흐메드는 학교에 다니기 전까지 거의 한 번도 이곳에
서 사용하는 말을 들어본 적이 없었다. 하지만 상황은 빠르게 바
뀌어 갔다. 아흐메드는 집에서는 여전히 아랍어를 사용했지만,
학교에 다니기 위해서는 카탈란 어와 카스테야노 어를 배워야만
했다.

학교에서 이런 저런 이유로 수차례 따돌림 당하는 느낌을 받았
고, 어쩌면 그 때문에 거친 생존본능이 깨어났는지도 모른다. 자
기를 지키려면 힘이 세고 용감해야 한다. 또래집단 안에서 대접을
받고, 특히 존중받기 위해서는 어느 누구와도 싸워서 이길 능력이
있다는 것을 보여 주어야 했다. 그래서 어릴 때부터 체육관에 다
니기 시작했다. 학교가 끝나면 날마다 두세 시간씩 역기, 자전거,
윗몸 일으키기를 하고 운동기구를 이용해 운동을 했다. 체육관에
서 친구들을 사귀게 되고, 점점 시간이 지나면서 존재가 드러나기
시작했다. 가냘픈 소년의 몸도 바뀌었다. 근육, 벌어진 어깨, 복
근, 이두박근……. 얼마나 단단하고 강해 보였는지!

학교에서도 변화를 바로 느낄 수 있었다. 아흐메드는 친구들을 이끌고 지켜주는 사람이 되었다. 축구나 배구 경기를 할 때 선발선수로 뽑혔고, 팀의 주장을 맡게 되었다. 하지만 체육관에서 보내는 시간이 많다 보니 공부할 시간이 없어서 학과 성적이 떨어지기 시작했다. 부모님은 성적을 올리지 않으면 체육관에는 다시 보내지 않겠다고 경고했다. 아흐메드는 부모님의 말씀에 수긍하는 듯 보였다. 하지만 어느 누구도 아흐메드가 어떻게 공부할 시간을 쪼개 체육관에 갔는지 알 길이 없었다. 아흐메드는 학교와 체육관을 다니며 바쁜 시간을 보냈다. 그 결과 아흐메드는 학기를 무사히 마칠 수 있었다. 비록 우수한 성적을 거두지는 못했지만, 어쨌든 모든 과목을 통과했다. 이 승리는 아흐메드에게 자신감을 심어 주었다.

어느 여름날, 체육관에서 아흐메드보다 조금 나이 많은 형들을 알게 되었다. 형들은 아흐메드의 체력에 감탄했고, 킥복싱에 대해 아냐고 물었다. 아흐메드는 들은 적 있다고 대답했다.

형들은 언제 한 번 킥복싱 체육관에 함께 가자고 했다. 아흐메드는 매우 기뻐서 가겠다고 했다. 운동하고 근육을 단단하게 하는 것 말고 싸우는 법을 배운다면 목적을 이룰 수 있기 때문이다.

모두에게 존중받고, 모두가 두려워하는 사람이 되는 것. 하지만 새로 간 체육관 분위기는 전에 다니던 곳과 뭔가 달랐고, 복싱하는 친구들 역시 달랐다. 처음 며칠 동안 탈의실에서 누군가 자기를 '아랍 놈' 또는 '검둥이'라고 부르는 것을 들었다. 그리고 체육관을 이용하는 사람들 중 몇 명은 인종차별 배지를 보란 듯이 달고 다녔다. 어느 날 아흐메드는 용기를 내어 이민자들에 대해 어떻게 생각하느냐고 물었다. 그들은 이렇게 대답했다.

"너한테는 인종차별 안 해. 넌 여기서 태어났으니까 우리랑 똑같아. 하지만 지금 여기 오는 사람들은 우리에게서 일자리를 빼앗으러 오는 거잖아. 우리 일자리, 우리 부모님 일자리. 우린 그 사람들이 싫어."

아흐메드는 자기와 이민 온 사람들은 별 차이가 없다고 생각했다. 단순히 시간과 적응의 문제이기 때문이다. 막 이민 온 아랍인들도 몇 년 안에 그들의 언어를 말하고, 그들의 학교에서 공부하고, 같은 체육관에 다닐 것이다.

어느 날 그들은 아흐메드에게 일요일에 함께 놀러 가지 않겠느냐고 물었다. 캄프 누(FC 바르셀로나의 홈구장—옮긴이)에서 열리는 축구 경기에 초대한 것이다.

"날 초대한다고?"

아흐메드는 놀라서 물었다.

"당연하지! 함께 우리 팀 응원하자!"

아흐메드는 축구장에서 느껴지는 축구경기의 생생한 감동을 즐겼다. 하지만 가까운 곳에 앉은 아이들의 행동을 보고 놀랐다. 함께 간 친구들마저 "저 아랍 놈 뭐야" 하며 이민 온 아이들과 말다툼을 하다 결국 치고받고 싸우게 되었다.

경기 시작 전과 경기가 진행되는 동안 그리고 경기가 끝난 뒤에도 인종차별과 외국인을 배척하는 구호의 외침 소리는 계속해서 들려왔다. 아흐메드는 관중에게서 파시스트(자신의 나라나 인종, 민족이 우월하다고 생각하는 사람들—옮긴이)처럼 공격적인 태도를 발견하였다. 그 중에서도 가까이에 앉은 아이들이 외치는 폭력적인 구호는 뚜렷하게 들을 수 있었다. 또 많은 사람이 경기장에 들어가기 전부터 이미 술에 잔뜩 취해 있는 것도 볼 수 있었다.

아흐메드는 그날 이후 체육관 친구들과 어울리는 걸 꺼렸고, 학교 친구와 약속이 있다는 변명을 둘러댔다. 일주일 동안 체육관에 가지 않았지만, 몸이 원해서 다시 갈 수밖에 없었다. 체육관 친구들은 아흐메드를 다시 보게 되어 기뻐했다.

어느 날 학교 식당에 들어가기 위해 기다리는 동안 아흐메드는 축구시합에서 실수를 했다는 이유로 같은 반 친구와 몸싸움을 했다. 아흐메드는 이성을 잃고 킥복싱으로 친구를 공격했다. 그런데 그만 그 친구의 코뼈가 부러졌다. 그 일로 인해 아흐메드는 벌을 받았고, 부모님은 교장실로 불려갔다. 면담하는 동안 아빠는 이야기를 도맡아서 하고, 엄마는 훌쩍이기만 했다.

교장 선생님이 말했다.

"아흐메드는 자신을 통제하지 못했어요. 부모님께서 더 관심을 가져 주셨으면 좋겠습니다. 아이는 지금 힘든 시기여서, 누군가 올바른 길을 보여 줄 필요가 있어요. 동네에서 소문이 안 좋은 체육관에서 킥복싱 연습을 한다고 들었습니다. 그 체육관 아이들이 몰려다니며 패싸움까지 합니다. 학교는 배우는 곳이지 복싱 경기를 하는 링이 아니에요. 저희는 폭력적인 태도나 폭력을 선동하는 행동은 용납할 수 없습니다. 그래서 아흐메드가 한 행동을 용서할 수 없습니다. 학교의 교육철학과 단체생활 규정에 완전히 위배되기 때문입니다."

아흐메드는 자신이 운동을 하는 체육관에 대해 교장 선생님이 하신 말씀을 듣고 깜짝 놀랐다. 왜냐하면 그것에 대해서는 전혀

아는 바가 없었기 때문이었다.

교장 선생님은 계속해서 힘주어 말했다.

"가장 좋은 건 그 체육관을 그만 두는 것입니다. 우리는 아흐메드가 더 이상 문제를 일으키는 걸 원치 않습니다. 학교에서도 많은 도움을 주어 학업 면에서 발전이 있었던 점을 무척 기쁘게 생각합니다. 하지만 아흐메드가 평화적이고 행동에 책임질 수 있기를 바랍니다. 그렇지 않으면 우리로선 결단을 내릴 수밖에 없습니다."

엄마는 눈물 젖은 눈으로 아들을 바라보았다. 엄마는 좋은 사람이었다. 그 점이라면 두말할 필요가 없었고, 아흐메드는 누구보다도 엄마를 사랑했다. 자기 때문에 마음 아픈 엄마를 보며 가슴이 미어지는 듯했다.

'엄마는 그렇게 마음 아파하면 안 돼.'

캄프 누에 간 날, 아흐메드는 몹시 가슴 아픈 말을 들었다. 바로 엄마와 비슷한 처지의 여자들을 향해 던지는 말이었다.

"생판 모르는 사회와 문화에서 살기 위해 몸부림치지만, 돈 없고 교육을 받지 못한 여자들."

부모님이 학교에 다녀온 날 밤, 아빠와 아흐메드는 많은 이야기를 나누었다. 아흐메드는 교장 선생님이 체육관에 대해 한 말에 대해서 전혀 모르고 있었다고 했다. 자기는 단지 킥복싱이 좋아서 연습만 했다고 그리고 어떤 싸움에도 가담한 적 없다고 말했다. 하지만 외국인이 자기의 나라에 들어오는 걸 반대한다는 사실은 알고 있었다고 인정했다.

"우리도 그들 나라에 온 사람들이야, 아흐메드. 우리는 이민 온 사람들과 똑같고, 그들 편에 있어야 해. 네가 거리에서 인종차별 구호를 외치고 다니면 가족에게 수치스러운 일일 거야. 그럼 어떻게 될 것 같아? 그 불량배들처럼 인종이 다르다고 아랍인이나 흑인들을 몽둥이로 때리고 다닐 거야? 아들, 그렇게 할 거야?"

"아니에요, 아빠, 절대 그렇게 안 해요."

"만약 그러면, 잘 들어, 내 아들이 아니다."

아흐메드는 그날 이후 체육관 친구들과 멀어졌다. 이따금씩 만나긴 했지만 말이다. 그리고 공부에 집중하려고 노력했다. 어느 날 밤, 체육관 친구들 중 한 명 집에서 파티를 하고 함께 돌아오는 길에 그들은 공원에서 걸음을 멈추었다.

아흐메드가 물었다.

"여기서 뭐 하려고?"

그들 중 하나가 대답했다.

"아랍 놈들이 지나가는지 기다리는 거야."

아흐메드와 가장 친한 하이메가 팔을 붙잡고 별일 아니라고, 바로 갈 거라고 귀에 대고 속삭였다. 아흐메드는 그 손을 뿌리치며 물었다.

"어떤 아랍 놈? 무슨 소리야?"

하이메는 되풀이했다.

"몇몇 아랍 놈들."

"나도 아랍 놈이야. 그래서 어떤 '아랍 놈'이냐고 묻는 거야."

"가는 게 좋겠어. 아흐메드 없을 때 다시 오자."

하지만 아흐메드는 아빠가 한 말을 떠올리며 말꼬리를 물고 늘어졌다.

"어떤 '아랍 놈'을 때리거나 혼내려고 기다리는 거야? 그렇다면……."

아흐메드는 그 말을 한 친구를 향해 쏘아붙였다.

"여기 네 앞에 있어. 원하면 언제든지 날 쳐 봐."

모두들 아흐메드의 힘과 킥복싱 실력을 알고 있었다.

"야, 왜 그래……. 뭐 그런 말을 해……."

"만약 아랍 이민자들에 대해 어떤 감정이 있다면, 나에 대해서도 감정이 있다는 것과 마찬가지야. 주먹으로 그 문제를 해결하고 싶다면, 지금 당장 시작할 수 있어."

아흐메드는 싸움을 막 시작하는 사람처럼 주먹을 가볍게 날렸다.

바로 그때 한 소년이 공원을 지나갔다. 배낭을 메고 매우 급히 걸어가고 있었는데, 아흐메드 무리를 보더니 뒤돌아 뛰기 시작했다. 아흐메드는 소년이 이 나쁜 패거리를 알아본 것이라 생각했다. 이들은 틀림없이 공원에 모여 종종 그 소년이나 다른 아이들을 괴롭혔을 것이다. 아흐메드는 소년을 뒤쫓아 달리기 시작했다. 소년은 누가 자기를 쫓아오자 더 겁을 먹었다. 소년이 멈추지 않자, 마침내 아흐메드가 아랍어로 소리쳤다.

"멈춰! 난 튀니지 사람이야. 내 이름은 아흐메드고! 단지 너랑 이야기하고 싶어서 그래!"

그 소년은 달리는 속도를 늦추며 뒤를 돌아보았다. 그리고 아흐메드의 생김새를 확인했다. 아흐메드는 두 팔을 올리고 걸음을 멈추었고, 소년도 똑같이 했다. 이미 공원을 벗어나 아흐메드 친구들에게서 멀어져 있었다. 둘은 숨을 헐떡거리며 다가가 서로 눈을 바라보았다. 아흐메드가 다시 한 번 말했다.

"난 튀니지 사람이야. 걱정 마. 놀라게 해서 미안해."

소년은 숨을 고르며 대답했다.

"난 널 모르는데. 넌 처음 봤어. 하지만 네 친구들은 자주 여기를 어슬렁거려. 그 애들이 누군지, 또 어떤 일을 하고 다니는지 알고 있어."

"겁을 주니?"

"겁을 주냐고?"

소년은 화들짝 놀랐다.

"아니. 겁만 주는 게 아냐. 인종차별하는 그 짐승들은 나 같은 이민자들과 가난한 사람들을 때리고 다치게 해. 그들은 우리를 사회 쓰레기라고 말해. 날 눕혀 놓고 발길질하던 날, 나한테도 쓰레기라고 말했어. 보통 때는 이 공원을 지나가지 않아. 하지만 여기를 지나지 않으면 엄청 돌아가야 하거든. 요즘 몇 주 동안 그들이 보이지 않길래 이틀 전부터 조심스럽게 지나다녔는데……."

소년은 말을 멈추고 숨을 내쉰 다음 물었다.

"그런데 넌 그들과 어떻게 어울리게 됐어?"

"같은 체육관에 다녀. 체육관에서만 알고 지내."

아흐메드는 살짝 거짓말을 했다.

"그러면 피해. 우리 같은 사람들에 대해 안 좋은 생각을 가지고 있어."

"어쩌면 난 너랑 다를지 모르지."

아흐메드는 자신과 막 이민 온 사람은 차이가 있다는 것을 말하고 싶어서 그런 말을 내뱉었다. 소년은 허리를 조금 구부린 채 허리에 손을 얹고 숨을 고르고 있다가, 몸을 일으켜 아흐메드를 쳐다보았다. 아흐메드는 눈을 내리깔았다.

"가야 해."

소년은 이렇게 중얼거리고 뒤로 돌아 걷기 시작했다. 아흐메드가 소리쳤다.

"기다려!"

소년은 걸음을 멈추고 돌아보았다. 아흐메드는 다가갔다.

"너를 기분 나쁘게 할 생각이 아니었어. 나도 너처럼 아랍인이야. 하지만 여기서 태어났어. 그래서 너보다는 여기 사람처럼 더 느낀다고 말했던 건데⋯⋯."

"축하해. 여기 사람처럼 느낀다는 것이 아랍인들을 공격하고 때리는 무리와 어울려 다녀도 된다는 뜻이라면⋯⋯. 내 생각이 옳았나 봐. 난 너랑 다르고, 너같이 되고 싶지도 않거든. 잘 가."

아흐메드는 소년의 말에서 아빠 목소리를 들었다. 있어야 할 곳에 있지 않았다. 그들의 적들과 손을 잡았지만 피할 수 있었다. 아흐메드는 소년의 뒤를 따라 달렸다.

"내 이름은 아흐메드야. 내 휴대전화 번호를 알려 주고 싶어. 연락해. 만나서 이야기 나누고 싶거든. 이 도시에 대해 알려 주고 우리 가족을 소개할게. 여기 혼자 와 있어? 뭐 필요한 게 있으면 우리가 도울 수 있고……."

소년은 피식 웃었다. 자기 이름은 하미르고, 모로코에서 왔으며, 미성년자보호기관에서 산다고 했다. 둘은 서로 전화번호를 주고받았다. 아흐메드는 헤어지기 전에 고백했다.

"체육관 애들은 나를 무서워해. 그러니까 내일부터 공원을 아무렇지도 않게 지나갈 수 있을 거야. 그 애들은 걱정 마. 더는 널 건드리지 않을 테니까."

아흐메드는 승강장에서 기다리는 동안 이 모든 일을 떠올렸다. 바로 그때 하미르와 약속한 게 생각났다. 까맣게 잊어버리다니! 일주일 전에 전화해 오늘 만나기로 한 것이다. 덜렁이! 아흐메드와 하미르는 공원에서 만난 날부터 친구가 되었다. 가끔씩 같이 놀았지만 친구들이나 몰려다니는 패거리를 소개하지는 않았다.

삶이 매우 달랐지만, 아랍인이라는 사실만으로 둘은 가깝게 느껴졌다. 사실 또래 친구들처럼 말다툼도 했다. 사물을 보는 눈이 달랐기 때문이다. 아흐메드가 보기에 하미르는 온 지 얼마 안 되었고, 오는 동안 많은 고생을 한 탓에 바르셀로나에서의 삶이 쉽지 않아 보였다. 모든 것을 장애물로 여기는 것 같았다.

유럽 문화의 많은 부분을 좋지 않게 생각하고, 사람들의 행동을 언짢아했다. 사물을 보는 시각을 보면 고지식한 편이었다. 아빠는 어쩌면 아랍 원리주의자(이슬람 교리를 정치·사회질서의 기본으로 삼는 주의—옮긴이)들의 영향을 받아 사고방식이 닫혀 있는 것일지도 모른다고 말씀하시며 하미르를 이해했다. 하미르는 아흐메드의 가족을 알게 되면서, 서로 마음을 터놓고 지냈다. 큰 행사가 있으면 언제나 초대받아 함께 식사를 했다.

아흐메드는 주머니에서 휴대전화를 꺼내 친구에게 전화했다.
"야, 하미르! 나야! 미안해, 우리 약속 깜박했어······."
"너 때문에 오후를 버렸잖아."
"정말 미안해. 깜박했어······. 미안해."
"또 그러면 어떻게 할 거야······."

아흐메드는 통화하는 친구 목소리에서 질투를 느꼈다.

"내가 일부러 그랬다고 생각하는 거야?"

"됐어, 아흐메드."

"나 속상하게 하려고 그러는 거지? 그래서 전화한 거지……."

"뭐야, 전화한 건 너잖아!"

아흐메드는 하미르와 이야기할 때 가끔 신경 쓰인다.

"알았어, 다음에 만나기로 하자. 미안해."

"괜찮아. 다시 전화할게. 이제 집으로 갈게."

일할 수 있는 나이

하미르는 지하철 승강장에서 아흐메드를 기다렸다. 거의 한 시간 동안 기다리고 있었다. 경찰관 두 명이 다가와 거기서 뭐하냐고 물으며 신분증을 보여 달라고 했다. 하미르가 보호기관 서류를 보여 주자 경찰들은 갔다. 딱히 할 일이 없어서 승강장 벤치에 앉아 지하철을 타고 내리는 사람들을 구경했다.

고향인 모로코의 페스에 살 때도 메디나 광장에 앉아 지나가는 사람을 구경하곤 했다. 물을 파는 사람들, 나귀에 염색할 천을 싣고 가는 사람들, 시장에 가는 여자들, 우아한 질레바(모로코의 남성과 여성이 공통으로 입는 전통 의상으로 긴 외투 형태에 끝이 뾰족한 모자가 달려 있다.-옮긴이)를 입은 노인들, 미로 같은 골목들을 안내하기 위해 관광객을 애타게 기다리는 아이들, 카펫 장사꾼, 도시를 지나가는 투아레그 족(사하라 사막에 사는 가장 많은 유목민으로 알제리, 말리, 니제르 등지에 산다.-옮긴이), 결혼할 나이가 된 젊은이들, 군인들…….

페스의 광장을 느긋하게 거니는 사람들과 이곳 지하철에서 내리는 사람들의 옷차림은 매우 달랐다. 질레바와 머리에 두른 천 대신 이곳 사람들은 긴 외투, 파카, 점퍼를 입고 있었다. 사람들의 눈초리도 달랐다. 페스에서는 아무도 하미르를 눈여겨보지 않았다. 그저 그곳에 살고 있는 한 명의 아이에 불과했다. 길거리에 앉아 있거나, 분수에 기대거나, 모하메드 삼촌 카페테라스에 앉아 있는 아이. 반면 여기에서는 사람들 눈빛에 여러 가지 표정이 담겨 있고, 경계의 눈빛도 있었다. 어떤 여자들은 하미르를 보자마자 가방을 꽉 끌어안기도 하고, 또 어떤 이들은 하미르를 가엾다는 듯 얼굴을 찡그리기도 한다. 또는 하미르에게 눈길을 주지 않는 사람도 있다. 마치 지하철의 또 다른 시설물인 양 무시해 버린다.

페스 사람들도 하미르를 눈여겨보지 않지만, '눈길을 주지 않는' 이곳의 사람들과는 다르다. 유럽의 땅 속 지하철역에서는 관광객들의 흥미로운 눈길도 찾아볼 수 없다. 모로코에서는 관광객들이 감탄하며 모로코 시가지와 사람들의 사진을 찍는데 말이다.

하미르는 페스의 모든 것을 그리워하는 걸까? 하미르 자신도 종종 자신에게 이런 질문을 한다. 누군가 비행기표를 사 준다면 지금 당장 돌아갈 건가? 어떻게 답할지 몰랐다. 이곳에 와서 실망한 건 사실이다. 하지만 희망이 있었다. 인간이란 복잡한 기계를 움직이게 하는 가장 훌륭한 윤활유인 희망 말이다.

하미르의 사촌인 하산은 삼 년 전에 페스를 떠났다. 그 동안 하산의 엄마인 술레마 이모는 아들에게서 연락이 없어 마음고생이 이만저만이 아니었다. 아들이 상선을 타고 몰래 떠났다는 걸 알고 있었지만, 그 뒤로는 생사조차 모르고 지냈다. 도착은 잘 했는지, 어느 나라에 갔는지도 몰랐다. 술레마 이모는 하미르네 집에 오기만 하면 울었다. 바닷물이 하산을 집어삼켰을까 봐서였다.

하지만 사라진 지 정확히 일 년 반 만에 도망간 하산은 독일 번호판을 단 새 차를 몰고, 모든 가족에게 줄 선물을 한아름 안고 페스로 돌아왔다. 아들을 보자 술레마 이모의 얼굴에는 긴 침묵이

흘렀지만, 이내 용서하고 집을 떠나 그렇게 짧은 시간 안에 얻은 것들에 대해 놀라워했다. "모로코에서 일했다면 이렇게 많은 것을 사기 위해 몇 년은 돈을 모아야 했을 거야!" 하며 가족들은 감탄을 금치 못했다.

선물을 가득 실은 자동차는 어린 하미르의 마음을 사로잡았다. 그것을 보며 하미르는 생각했다.

'이게 내가 바라는 거야! 그곳에 내 미래가 있어.'

그러기 위해서는 하산이 한 것처럼 유럽으로 가는 것 말고는 더 좋은 생각이 떠오르지 않았다. 가족 중에 같은 생각을 품은 사람이 하미르 한 명뿐이 아니었다. 한 달 뒤 하산의 동생 카말이, 반년 뒤 하미르의 큰 누나 아이사와 매형 하시스가 떠났다. 그들 중 어느 누구한테서도 연락이 없었지만 아무도 근심하지 않았다. 머지않아 운 좋은 하산처럼 선물과 돈을 잔뜩 가지고 페스로 돌아올 것이라고 믿었기 때문이다.

엄마한테 떠나고 싶은 마음을 밝힌 날, 하미르의 얼굴은 빛났다. 꿈을 이룰 수 있을 것 같았고, 엄마가 왜 서두르지 않는지 이해가 되지 않았다.

"넌 너무 어려, 하미르. 아직 어린애잖아. 그리고 여길 떠나는 사람들이 전부 하산처럼 그렇게 운이 좋은 건 아니야."

"하지만 해낼 거야! 열심히 일해서 엄마가 제대로 된 집을 지을 수 있도록 돈을 잔뜩 가지고 돌아올게."

"엄마는 지금 사는 집도 좋아. 넌 학교를 마쳐야 하고, 더 커야 해. 때가 올 거야, 참고 기다려 봐."

하미르는 미성년자라 합법적인 비자를 받기는 불가능할 뿐 아니라, 스페인이나 프랑스, 이탈리아로 가려는 모로코 인들에게 도움을 주는 중개인들에게 돈을 낼 수도 없는 처지였다. 학교에서 메드를 알게 되었는데, 메드는 탕헤르에서 떠나는 차와 배에 대해 이야기해 주었다. 만약 국경을 넘고 싶으면 트럭 바퀴나 자동차 트렁크, 배의 연료탱크 속에 숨어서 가야 했다. 그 모든 것은 스페인 국경에서 가장 가까운 탕헤르에서 손쉽게 할 수 있는 방법이었다.

하미르는 곰곰이 생각한 뒤 엄마나 형제들에게 아무 말도 하지 않고, 학교에 가는 대신 메드와 탕헤르까지 갔다. 트럭 운전수인 메드의 형 친구가 아이들을 데려다 주었다. 하미르는 탕헤르에 도착해서 거리에서 근근이 생활하며 모로코를 떠나기 위해 숨을 곳을 찾으며 기다렸다. 하지만 쉽지 않았다. 하미르는 며칠 밤을 탕헤르를 배회하며, 호화로운 호텔과 거리에 주차된 자동차들 근처

에 있는 출입국 경찰과 다른 경찰관들을 피해 다녔다.

경비원들이 잠시 한눈을 팔거나 식사를 하기 위해 호텔로 들어가면, 하미르 또래 아이들 열 명쯤이 숨어 있던 나무 뒤나 쓰레기통 속에서 나와 자동차에서 가장 검색하기 어려운 부분을 찾아 기어들어갔다. 차 밑으로 미끄러져 들어가 손을 더듬어 몸을 웅크릴 만한 곳이나 붙잡을 수 있는 쇠봉을 찾았다. 바닥에서 단지 몇 센티미터밖에 떨어지지 않은 곳에 있는 쇠봉에 원숭이처럼 매달려 여행을 떠날 준비를 하는 것이다. 탕헤르에는 밤중에 수없이 시도해 봐서 자동차와 상선의 비밀과 기계들을 모조리 꿰고 있는 아이들이 있었다. 그들은 주머니에 나사를 죄고 풀거나, 갈거나, 지렛대 역할을 할 기본적인 연장들을 가지고 있었다.

어느 날 밤, 하미르는 거의 성공할 뻔했다. 빌 드 프랑스 호텔 앞에 있었는데, 프랑스 번호판을 단 자동차 운전수가 차 밑으로 어떤 밀항자도 기어들지 못하도록 지켜보면서 가로등에 기대어 담배를 피우고 있었다. 하지만 안달이 난 세 명의 모로코 아이들은 그림자처럼 차 밑으로 기어들어가 바퀴 근처에 있는 구멍 속에 몸을 숨겼다. 짐작했겠지만 그들이 숨은 장소는 위험했다. 자칫 잘못하면 자동차가 흔들리면서 바퀴 밑으로 들어가 깔려 죽을 수 있기 때문이다. 하지만 시도는 해 보아야 했다. 그리고 그날 밤 세 명 중 한 명이 기어오르다가 배기관에 걸려 다치고 말았다. 피를 보면 겁부터 내는 아이라, 구역질을 하며 숨기를 포기했다. 가까스로 차 밑에서 나와 하미르가 숨어 있는 곳까지 기어갔다.

"다쳤어!"

아이가 투덜댔다.

"네가 해 봐! 바퀴 옆에 괜찮은 구멍이 있어!"

하미르는 기어서 자동차로 다가간 뒤 차 밑으로 들어가 구멍을 찾았다. 정말 있었다. 휘발유 냄새가 진동하는 어두컴컴한 공간에서 뱀처럼 몸을 웅크려 숨을 수 있었다. 머리카락 한 올도 움직이지 않는다면, 바퀴에 깔리지는 않을 것 같았다. 하미르는 차가 서 있을 때 시계를 보았다. 관광객들이 차에 올라타려면 최소한 두 시간은 기다려야 했다. 숨은 공간에 익숙해지고 가장 좋은 자세를 찾기에 충분한 시간이었다.

아침 일곱 시가 되어 날이 밝자 시끄러운 소리가 들렸고, 하미르는 관광객들이 가방을 트렁크에 넣고 있다는 것을 직감적으로 알았다. 연습했던 것처럼 튀어나온 모서리에 온몸을 밀착했다. 그런데 갑자기 아랫배에 끔찍한 고통을 느꼈다. 누군가 막대기로 찌른 것이다. 바로 그때 경비원들의 고함소리가 들렸다. 그들은 나무 막대기를 들고 차 옆에 꿇어앉은 채 기어들어간 밀항자들이 있는지 찾고 있었다. 하미르는 경비원들을 보지 못했지만 그들은 하미르를 보았고, 등을 때리며 소리쳤다.

"거기서 나와, 망할 자식!"

마침내 하미르는 항복했다. 그들은 수없이 따귀를 때렸고, 하미르가 겁에 질려 호텔에서 멀리 도망치려고 하자 엉덩이를 걷어찼다. 호텔 종업원들도 소리쳤다.

"재수 없어! 몹쓸 자식들, 너희들이 도로에서 죽으면 우리 책임이란 말이야!"

삼 주 뒤, 하미르는 운이 좋게도 배 창고에 숨어들 수 있었다. 모로코 선원이 하미르와 메드를 보았지만 눈감아주었다.

여행은 끔찍하고 넌더리가 났다. 하미르와 메드는 엄청난 열기와 지독한 연료 냄새가 뿜어 나오는 배기관 뒤에 숨었다. 하미르는 잠깐 잠이 들었다. 그렇지 않았다면 참지 못했을 것이다. 배가 알헤시라스에 도착했지만, 하미르와 메드는 창고에 숨은 채 열두 시간 넘게 기다려야 했다. 둘은 "지금 우린 스페인 땅에 있어!" 하며 서로의 기운을 북돋았다.

밤이 되자 두 아이는 조그만 환기 구멍을 통해서 밖으로 나갔
다. 그리고 갑판을 훌쩍 뛰어 뱃머리 쪽으로 갔다. 그때 경비원들
에게 들키고 말았다. 두 아이는 뛰기 시작했다.

"거기 서!"

경비원들이 아랍어로 소리쳤지만, 두 아이는 나무 다리를 내려
와 부둣가로 뛰어갔다. 헤어져서 숨을 곳을 찾은 후 동 트기 전에
다시 만나기로 약속했다. 빵 없이 보낸 하루보다 더 기나긴 모험
이었다!

사람들은 하미르와 메드에게 알헤시라스 근처 마을에 갈 수 있
게 지도를 그려 주었다. 거기서 그 지역을 어떻게 빠져나갈지 설
명해 줄 사람을 만나게 될 거라고 했다. 하미르와 메드는 걸어서
갔다. 하지만 절대로 큰 도로로 가지 않고 큰 도로와 나란히 나 있
는 샛길로 갔다. 그때부터는 모든 게 조금 쉬워졌다. 한 모로코 할
머니가 그들을 자기 집에 머물도록 했다. 그리고 그들 이야기를
들으면서 훌쩍였다. 할머니는 머리에 손을 가져가며 외쳤다.

"저런, 저런!"

두 아이는 할머니가 왜 그렇게 말하는지 이해하지 못했지만, 어쨌든 목표를 이루었다. 무사히 유럽에 온 것이다. 이제부터는 모든 일이 틀림없이 더 나아질 것이다.

하미르는 처음 며칠 밤은 잠들기 전에 엄마와 동생들 생각이 났다. 하미르는 잘 있다고 전화 한 통도 하지 않은 하산처럼 행동하지는 않겠다고 다짐했다. 그렇다, 하미르는 내일이 되면 엄마한테 전화를 걸어 우선 몰래 도망쳐 나와 죄송하다고 말할 생각이었다. "엄마, 날마다 엄마 생각할게. 약속해. 그리고 열심히 일해서 돈 모아서 되도록 빨리 돌아갈게" 하고 말하겠다고 마음먹었다.

다음날 하미르와 메드는 트럭 짐 사이에 숨어서 도시에 도착했다. 안달루시아에서 그들을 맞아준 여자는 가야 할 주소를 알려주고 숨을 곳을 찾아주었다. 거기서 두 아이는 모르고 있던 사실을 알게 되었다. 이 나라에서는 미성년자는 일을 할 수 없었다. 법으로 금지되어 있었다. 하미르는 놀라서 물었다.

"이제 어쩌지?"

하미르는 일자리를 찾고, 일을 하기 위해 가족을 버리고 죽음을 무릅썼다. 그런데 결과는 나이가 어려 일을 할 수 없다는 거였다.

신분증도, 거주 허가증도, 아무것도 없는 불법 이민자 신세가 된 것이다. 시작부터 나이에서 걸리다니! 엄마한테 전화 걸어 상황을 설명하자, 엄마는 울면서 돌아오라고 했다. 하지만 해협을 건너느라 죽을 고생을 했는데, 어떻게 빈손으로 돌아간단 말인가!

하미르와 메드는 잠깐 한 모로코 가정에 머물렀다. 하지만 곧바로 살 길을 찾아야겠다고 마음먹었다. 그리고 일도 없고, 일할 나이도 안 된 같은 처지의 거리 아이들을 알게 되었다.

일주일 동안 거리를 헤매고 다니며 구걸을 하고 도둑질을 하는 몇몇 아이들을 쫓아다녔다. 그건 하미르가 꿈꾸던 삶이 아니었다! 어느 날 밤, 라발이란 동네 광장에서 비정부기구에서 일하는 젊은 이들을 알게 되었다. 그들은 이 나라에 온 오갈 데 없는 아이들을 돕고 있었다.

"너희는 보호기관으로 가야 해. 거기서 잠자리와 먹을 것을 주고, 공부시켜 줄 거야. 거리에서 살아서는 안 돼!"

사실 도시 변두리의 버려진 집 지하에서 그들은 개처럼 살았다. 지저분한 이불 위에서 잠을 잤고, 항상 배가 고프고 목이 말랐다. 하지만 메드는 감옥 같을 거라면서 보호기관에 가지 않겠다고 했다. 돈을 벌기 위해 왔고, 그게 목표였기 때문이다. 하미르는 메드와 다른 생각이었다. 그리고 여러 날 밤을 고민하다가 결국 비정부기구 젊은이들에게 도움을 청했다.

그들은 하미르를 미성년자를 보호하는 사회단체로 데리고 갔다. 그곳에서 권리와 의무에 대해 설명했다. 교육을 받게 해 주고 직업 교육을 시킬 거라고 했다. 그 단체의 관계자는 이렇게 말했다.

"이곳은 감옥이 아니야, 하미르. 넌 자유롭게 하고 싶은 일을 할 수 있어. 여기선 아무도 널 가두지 않아. 우리는 너를 위해 가장 좋은 것을 해 주길 원해. 지금 당장 네게 가장 좋은 건 머물 곳이 있다는 거야."

어느 날, 길을 가다 아흐메드를 알게 되었다. 두 사람은 친구가 되었고, 가끔 아흐메드의 집에 놀러갔다. 하미르는 열일곱 살이 되었고, 아직도 보호소에 있지만 이제는 일을 하고 급여를 받는다.

서류가 거의 다 정리되었고, 여름에는 이 년 동안 보지 못한 엄마와 형제들을 보러 갈 것이다. 하미르는 갈아타야 할 역에서 내려 보호소와 가장 가까운 곳에 있는 지하철 역으로 향했다. 고향에서는 한 번도 지하철을 본 적이 없었는데, 여기서는 항상 지하철을 이용한다. 하미르는 그 사실을 엄마와 형제들에게 편지에 썼다.

우리는 두더지들처럼 땅 밑에 있어. 하지만 무섭지도 어
둡지도 않아. 반대야. 지하 통로는 휘황찬란하고 벽은
벽돌로 되어 있어. 영화 포스터, 레스토랑과 피자가게
광고판이 붙어 있지.

하미르가 승강장에 서서 형형색색의 광고판 중 음료수 광고판
을 물끄러미 바라보고 있을 때, 맞은편 승강장에서 자기를 바라보
는 동양 소년이 눈에 띄었다. 바로 그때, 그 두 사람 사이로 지하
철이 지나갔다. 하미르는 열차에 오르며 생각했다.

'저 아이도 외국에서 왔구나.'

창문을 통해 반대쪽에서 지하철이 들어오고, 동양 소년이 올라
타는 게 보였다. 두 열차는 몇 초 동안 멈추어 있다가 곧바로 문을
닫았다. 하미르는 열차 통로에 서서 동양 소년을 바라보았다. 그
소년도 반대편 열차 안에서 하미르를 보고 있었다.

동양과 서양

'어! 그 아랍인!'

쯔양은 놀랐다. 쯔양은 지하철이 떠날 때까지 아랍인을 바라보았다. 확실하지 않았지만 그 사람 같았다. 이틀 전, 한 소년이 일자리를 구하려고 음식점으로 왔고, 휘체 씨가 그를 맞았다. 휘체 씨는 바로 문 앞에서 이야기를 듣고선 접시닦이는 필요 없다고, 이미 일하는 사람이 많다고 단박에 거절했다. 휘체 씨는 가게에 중국인이 아닌 사람이 일하는 걸 좋아하지 않는다.

"우리도 일자리가 없어 죽겠는데 외국인을 고용하다니!"

쯔양은 속으로 이렇게 욕했다.

'자기도 외국인이면서.'

하지만 당연히 말하지는 않았다. 휘체 씨는 음식점의 주인이어서 비위를 건드릴 수 없었다.

쯔양은 생각했다.

'아닐지도 몰라.'

그리고 빈자리를 찾아 앉았다. 갈 길이 멀었기 때문이다. 쯔양은 항구에 갔었다. 쯔양의 배낭에는 카메라가 들어 있다. 가게 주인이 오후에 일을 빼주면, 쯔양은 카메라를 들고 나가 아직 저장성(중국 동부의 동중국해 연안에 있는 성—옮긴이)에 있는 사촌에게 보내 주려고 자기가 살고 있는 도시의 사진을 찍는다.

사진을 찍고 돌아올 때면 일터로 돌아가는 게 정말 싫다. 쯔양은 사진 찍기를 무척 좋아한다. 사진을 찍는 것은 초점을 맞춘 후 셔터만 누른다고 끝이 아니다. 사진을 찍기 전에 찍을 대상을 바라보고, 알맞은 구도와 가장 좋은 빛, 그림자를 찾는다. 지하철에서 사진 학원 광고를 본 적이 있다. 돈을 모으면 바로 그 학원에 등록할 것이다. 그런 곳에서는 거주 허가증이나 노동 허가증을 요구하지 않을 테니까.

'학원비를 낼 수만 있다면…….'

돈을 모으는 데 많은 시간이 걸리겠지만, 그래도 일자리가 있다는 사실은 희망이었다. 지난 여름 학교를 그만두고 일을 시작했다. 학업을 다 마친 것이 아니라 중도에 그만둘 수밖에 없었다. 아빠가 음식점에 쯔양의 일자리를 구했다. 그곳은 거의 모두가 쯔양과 같은 중국인이다. 학교에 다닐 때 쯔양은 자기보다 나이 어린 친구들과 공부했다. 왜냐하면 부모님이 등록할 때 나이를 잘못 말했기 때문이다. 쯔양은 열심히 학교에 다녔지만 말을 알아듣지 못했고, 친구도 없었다. 아침 아홉 시에 학교에 가면 하루 종일 알아듣지도 못하는 선생님 말만 듣고 왔다. 몇몇 반 친구들이 도와주었지만, 공부할 의욕이 없었다. 학교에서 배우는 것에는 흥미가 없었다. 그저 아동교육상담기구 사람들이 선물한 중국어–카탈란어 사전도 가끔씩 들춰 볼 뿐이다.

쯔양이 걱정된 선생님은 쯔양이 말을 배울 수 있도록 많은 노력을 하셨다. 쯔양은 그런 선생님을 생각할 때에는 마음이 따뜻해졌다. 선생님은 인내심이 많은 분이었다. 선생님은 쯔양을 데리고 컴퓨터반으로 갔다. 거기에서는 학생들이 컴퓨터 앞에 나란히 앉아 수와 말을 게임으로 배웠다. 쯔양은 대부분의 중국인들처럼 숫자에는 밝았지만, 언어는……. 어느 나라에 가건 그 나라 사람들과 대화를 하기 위해서는 반드시 언어를 먼저 배워야 한다.

쯔양은 반 친구들의 행동에도 놀랐다. 소리를 빽빽 지르고, 늘 높은 톤으로 말하고, 선생님 말을 듣지 않을 때가 많았다. 선생님은 아이들을 조용히 시켜야 했다. 중국 학생들은 선생님 말을 매우 존중했던 걸로 기억한다. 육십 명의 학생들이 한 반에서 완전히 꿀 먹은 벙어리로 조용히 앉아 있으면, 수업을 하는 선생님의 단조로운 목소리만이 고요함을 깼다.

쯔양을 깜짝 놀라게 한 또 한 가지는 반 친구들 사이의 신체적 친밀감이다. 껴안고, 흔들고, 툭툭 치고, 뺨에 뽀뽀하고……. 선생님들도 뭔가 말하려고 할 때 쯔양의 어깨에 손을 얹었다. 처음 며칠은 그런 갑작스런 손길에 화들짝 놀라 몸을 피하고 어깨를 움츠렸다. 선생님들도 그런 쯔양을 보며 어리둥절했다. 하지만 시간이 지나면서 여기 사람들은 중국 사람들과는 다른 방법으로 서로 이해하고 관계를 맺는다는 것을 알게 되었다. 그리고 다른 사람을 대하는 그들의 방법에 익숙해져야 한다는 것을 깨달았다.

아빠가 쯔양을 학교에 보내지 않기로 결정하자, 아동교육상담 기구 사람들과 아동교육 전문가들이 이야기를 나누기 위해 찾아왔다. 그들은 쯔양이 계속 교육을 받도록 하는 게 좋겠다고 말했다. 그러다 쯔양이 생각했던 것보다 나이가 많다는 사실을 알게 되었고, 그러면 학교에 다닐 의무는 없다고 했다. 아빠가 말했다.

"이번 여름 네가 음식점에서 일을 잘해서 주인 아주머니가 겨울에도 너를 쓸 참이래. 네가 일하기에 그만큼 좋은 일자리가 어디 있겠어."

해야지 어쩌겠나! 여름의 경험은 완전히 좋은 건 아니었다. 일이 얼마나 지겹던지! 주인 아주머니는 변덕이 죽 끓듯 했다. 기분이 매우 좋다가도 불같이 화를 냈고, 또 갑자기 감정이 변화했다. 고함치다가도 몇 초 만에 깔깔대고 웃어서 쯔양은 주인 아주머니가 무슨 말을 하려고 자기 쪽으로 다가올 때 어떤 기분 상태인지 전혀 예측할 수 없었다.

가게는 최근에 수리해서 전통적인 중국 음식점 모습을 찾아볼 수 없었다. 새빨간 천을 붙인 벽도, 중국 글씨가 쓰인 벽장식도, 어항도 없었다. 지금은 밝은 나무로 마감되고, 바닥에는 벽돌이 깔리고 똑같은 조명이 나란히 달린 음식점이 되었다. 쯔양은 흰 와이셔츠에 까만 바지를 입고 스프링롤과 양송이 닭고기 수프와 춥수이(고기와 야채를 한데 볶은 요리―옮긴이), 리치(중국 남부에서 나오는 과일로, 동그랗고 겉이 거북의 등처럼 생겼다.―옮긴이)를 들고 쉴

틈 없이 지겹게 오르락내리락 했다.

쯔양도 음식점의 메뉴가 매우 저렴하고 맛도 상당히 좋다는 것을 인정했다. 하지만 안타깝게도 종업원들은 요리사의 솜씨를 맛볼 수 없었다. 종업원들은 식사시간에 메뉴를 고르지 못했고 늘 똑같은 음식을 먹었다. 삼선볶음밥! 쯔양은 전혀 이해가 되지 않았다. 주방에 들어가면 준비된 음식이 보이고, 손님 주문을 받은 뒤 음식이 얼마만큼 남을지 눈에 선하지만, 먹으려고 앉으면 삼선볶음밥만 나왔다. 어느 날 쯔양은 주인 아주머니에게 따지고 싶은 마음이 들어 이렇게 물어보았다.

"왜 우린 날마다 똑같은 걸 먹나요? 주방에 남은 음식 없나요?"

주인 아주머니는 몇 초 동안 포크를 멈추고 무서운 눈초리로 쯔양을 흘겨보았다. 그리고 아무 말도 하지 않고 식사를 계속하더니, 후식을 먹기 전 큰 소리로 말했다. 누구든지 가게 규칙이 못마땅한 사람은 봉급을 계산해 줄 테니 집으로 가도 좋다고. 쯔양은 자기에게 하는 말이라 생각하고 입을 다물었다.

쯔양은 밤에는 집으로 가서 잤다. 저녁식사 후 집기 정리가 끝나고, 다음날을 위해 식탁 준비를 마치면 모든 일이 끝났다. 동네로 가는 야간 버스를 타기 위해 정류장까지 상당히 많이 걸어야 했다. 나머지 종업원들, 여자 두 명과 쯔양 또래의 어린 남자는 가게에 남아 잠을 잤다. 주인 아주머니가 식료품을 넣어두는 바로 그 창고에 이불 세 개를 주었고, 오갈 데 없는 가엾은 세 사람은 거기서 잠을 잤다. 이곳의 생활은 견디기가 힘들었다. 그러나 고향 땅에서 살 곳이나 일할 곳이 없거나, 어쩔 도리 없는 신세라면 이곳의 힘겨운 생활을 애써 견뎌내야 했다.

낯선 나라에서 이민자로 사는 자기 가족의 처지를 깨닫게 된 후 쯔양은 가끔 이런 생각을 했다. 너무 숨 가쁘게 살아서 둘러보거나 생각할 시간도 공간도 없는 나라. 쯔양은 부모님이 어떻게 달라졌는지 보았다. 엄마는 이제 뭘 할 시간 여유도 없어서, 뭐든지 후딱 해치워야 했다. 그리고 음식점에서도 사람들은 특히 주중에 오면 서둘러 먹고 갔다. 밥을 먹고, 커피 마시고 바로 일자리로 돌아갔다. 그래서 요리사들은 바쁘게 만들고, 종업원들은 바쁘게 나르고, 설거지하는 여종업원은 바쁘게 닦았다.

'얼마나 숨 가쁜 생활인가!'

쯔양은 이런 생각을 하며 사진 찍기 전 눈앞에 펼쳐진 풍경을 한동안 바라보았다. 쯔양은 이제 바르셀로나에서 살고 있다. 힘들더라도 서양의 새로운 흐름에 맞춰야 한다. 쯔양은 단계적으로,

조금씩 맞춰갔다. 하지만 가엾은 쑨페이 이모는 아니었다. 3주 전에 이곳으로 와서 미친 듯이 적응해야 했다.

쑨페이 이모는 카탈루냐에 사는 대부분의 중국인들처럼 저장성에서 왔다. 이제까지 한 번도 고향을 떠나본 적이 없었다. 그런데 일 년 전 남편을 잃고, 남편이 운영하던 사업체마저 뺏기게 되자 동생인 쯔양의 엄마가 있는 곳에서 함께 살겠다고 마음먹었다. 비자를 발급받고, 비행기표를 구했다. 쑨페이 이모는 가족을 다시 만나고 싶은 마음이 간절했다. 쑨페이 이모는 대담하고 용감한 여자여서 혼자 여행하는 걸 겁내지 않았다. 하지만 쯔양 엄마는 그런 이모가 걱정이 되었다.

"여기 말도 모르잖아! 영어도 못하고! 어떻게 하려고 그래?"

하지만 이모는 걱정하지 말라고 했다. 쯔양 아빠는 가게 주인에게 두 시간 정도 양해를 구하고 공항으로 이모를 데리러 갔다. 하지만 비행기가 세 시간 이상 연착되어 더는 기다릴 수 없게 되었다. 아빠는 엄마에게 전화 걸어 설명했다.

"가게에 돌아가 봐야 해! 처형이 현명하게 당신이 일하고 있는 가게까지 찾아가길 바라야지. 주소는 잘 알려 줬지?"

엄마는 그렇다고 했다. 한 글자씩 또박또박 알려 주었고, 이모는 잘 받아 적었다고 했다.

"행운이 따라 잘 도착하길 바라자고!"

엄마는 쯔양이 일하는 가게로 전화를 걸어 주인 아주머니에게 쯔양이 이모를 공항에 마중 가도록 두어 시간 빼주면 안 되겠느냐고 물었다. 그러나 주인 아주머니는 화를 버럭 냈다.

"양 부인, 예고 없이 그런 말씀을 하시면 어떡해요? 쯔양은 오늘밤 할 일이 무척 많아요. 가게가 꽉 찼다고요!"

엄마는 이모 때문에 마음이 많이 아팠다.

"가엾은 언니! 혼자서 오는데! 한 번도 고향을 떠나본 적도 없는데!"

하지만 엄마도 가게 일 때문에 시간을 낼 수 없었고, 이모를 마중나갈 사람이 더는 없었다.

"잘 오길 바라는 수밖에!"

쑨페이 이모는 공항에 도착해 아무도 만나지 못했다. 한 시간 넘게 기다렸으나 아무도 오지 않았다. 중국화폐인 위안화를 가지고 있었지만 여기 돈은 하나도 없었고, 전화를 걸기 위해 돈을 어떻게 바꿔야 하는지도 몰랐다. 게다가 노새처럼 짐을 잔뜩 지고 있었다. 쑨페이 이모의 용기와 활발함은 이 혼란스런 상황 앞에서도 시들지 않았다. 뭔가 해야겠다고 생각했다!

그 시간에 열린 환전소를 찾아 위안화를 유로로 바꾸었다. 그런 다음 안내 데스크로 가서 쯔양 엄마가 전화로 불러준 주소를 내밀었다. 알아듣기 힘들었지만 마침내 안내 데스크에 앉아 있던 여자가 힘닿는 대까지 설명해 주었다. 그 주소는 바르셀로나고, 버스나 택시를 타고 가야 할 정도로 먼 곳에 있다고 말했다. 쑨페이 이모는 어떻게 가야 하는지는 알아냈지만, 걱정스러운 일은 밖이 이미 어두워졌다는 것이다. 안내 데스크에 있던 여자는 친절하게 이모를 버스 정류장까지 데리고 가 주었다. 그리고 버스가 오자 운전기사에게 바르셀로나까지 가야 한다고 말해 주었다.

운전기사는 이모를 도와 짐을 실어 주었다. 쑨페이 이모는 버스가 정류장에 설 때마다 운전기사에게 동생이 일하는 가게의 주소를 보여 주었다. 그러면 운전기사는 "아직 아니에요."라고 말해 주었다. 드디어 카탈루냐 광장에 이르자, 기사는 고개를 끄덕이며 내리라고 알려 주었다. 이모는 문 닫은 엘 코르테 잉글레스 백화점 앞에 짐을 잔뜩 들고 피곤에 지쳐 뭘 할지 모른 채 서 있었다.

그러는 동안 쯔양의 아빠는 일을 끝마치고 공항에 다시 갔다.

엄마는 아빠에게 전화 걸어 이모한테서 아무 연락이 없었다고 알려 주었다. 아빠는 바르셀로나 엘 프랏 공항을 여러 번 돌아보았지만 쑨페이 이모의 행방을 찾을 수가 없었다. 상하이에서 온 비행기는 두 시간 전에 아무 문제없이 도착한 상황이었다.

이모는 공중전화박스로 갔다. 그러나 전화통화를 하려면 동전을 얼마나 넣어야 하는지 몰랐다. 그리고 번호를 어떻게 눌러야 하는지도 몰랐다. 가지고 있는 전화번호는 중국에서 걸 때 필요한 번호들이었다. 여러 번 시도 끝에 통화가 되었지만, 불행하게도 가게에서 접시를 닦는 청년이 전화를 받았다. 그 청년은 중국인이 아니고 바르셀로나 로스피탈레 출신이었다. 그래서 전화선 저편에서 절망적인 여자의 말을 하나도 알아들을 수 없었다.

"잠깐만요, 중국말을 할 수 있는 사람 바꿔 드릴게요."

하지만 그 순간 모두들 이층 식당에 있었고(식당은 이층으로 되어 있었다), 파키스탄에서 온 종업원이 전화를 받았지만 알아들을 수 없었다. 전화는 끊겼다. 쑨페이 이모는 그 짐을 다 들고 통화가 끊긴 '뚜-뚜-뚜' 신호를 들으며 전화박스 안에 우두커니 서 있었다.

지나가는 아주머니에게 주소를 보여 주니 아주머니는 손짓으로 여기서 멀고, 택시나 지하철을 타야 한다고 알려 주었다. 이모는 아주머니 팔을 부여잡고, 무슨 말인지 모르겠으니 제발 도와달라고 중국말로 사정했다. 하지만 그 아주머니는 기겁을 해서 닻의 갈고리마냥 꼭 붙들려 있던 쑨페이 이모의 팔을 뿌리치고 도망가 버렸다. 가엾은 이모는 눈앞이 캄캄했다.

바로 그때, 펑크족 무리가 다가왔다. 이모는 태어나서 한 번도 펑크족을 본 적이 없어서 뭘 훔치러 온 줄로 생각했다. 될 수 있는 대로 가방들을 들쳐 메고 쓰레기통 뒤로 가 숨었다.

물들인 닭벼슬 모양의 머리에 코와 눈썹에 피어싱을 하고, 점퍼와 바지에 쇠사슬을 주렁주렁 매단 젊은이들이 지나가는 것을 보았다. 그들은 군인들처럼 긴 가죽 부츠를 신고, 긴 수염을 달고 있었다. 이모는 쓰레기통 뒤에서 어지럼증을 느끼며 부들부들 떨고 있었다. 서양 사람들이 다 저렇다면, 차라리 고향에서 마음 편히 살 걸 하는 생각이 들었다.

펑크족이 다시 와서 뭘 훔쳐갈까 봐 무서워서 쓰레기통 뒤에 쭈그리고 앉아 반 시간가량 더 있었다. 얼마나 냄새가 지독하든지! 분명히 온몸에 악취가 배었을 거다! 사실 냄새가 몸에 밴 것을 확인할 수 있었다. 이모가 주소를 보여 주려고 그곳을 지나는 어떤 여자에게 다가가자, 그 여자가 겁에 질린 얼굴로 달아나 버렸던 것이다. 정말 놀라기도 했을 것이다. 중국 여자가 악취를 풍기며 쓰레기통 뒤에서 불쑥 튀어나왔으니!

이모는 가눌 길 없는 슬픔에 펑펑 울기 시작했다. 그리고 계속해서 거리를 걸었다. 지금 어디 있는지도, 어디에서 버스를 내렸는지도, 위로 가야 할지 아래로 가야 할지도 몰랐다. 이모는 울면서 가방과 짐을 질질 끌며 걸었고, 거리를 지나가는 몇몇 사람이 아무 말 없이 이모를 쳐다보기만 했다. 이모는 벤치에 앉아 가방들을 다리 사이에 끼고 울었다.

'집에 있다면 얼마나 좋을까! 누가 여길 오라고 했지! 오지 않았다면 거리에서 밤을 보내야 할 일도 없었을 텐데! 바르셀로나에는 중국인이 한 명도 없는 건가?'

이모는 이런 의문을 가졌다. 도착해서부터 한 번도 자기 나라 사람을 본 적이 없기 때문이다. 운이 없었다! 도시에 중국 음식점들이 그렇게 많이 있었는데도 말이다!

이모는 여행의 피로가 몰려오면서 추위를 느끼기 시작했다. 그리고 있을 수 없는 일이었지만, 방금 지나간 펑크족이 다시 올까 무서웠다. 음식점에 전화를 걸었을 때 동전이 거의 바닥난 것을 알았다. 하지만 또 서양 사람이 전화를 받았고, 서로 무슨 말인지 알아듣지 못했다. 힘이 쭉 빠지고 지친 이모는 앞뒤 생각 없이 이 판사판 밀어붙이기로 마음먹었다.

'제일 먼저 지나가는 사람에게 어떻게든 이 번호로 전화를 걸어 달라고 해야겠어!'

그런데 제일 먼저 나타난 사람이 맙소사, 알록달록 닭벼슬 머리 의 그 펑크족이었다. 이모는 죽을 맛이었지만 운명으로 받아들이 기로 했다. 그렇게 이상한 청년들이 아무 짓 안 하고 두 번이나 지 나갔다면, 이번에도 그럴 것이다. 이모를 도와줄 운명이면 말이 다. 이모는 동양 철학에서 말하는 운명의 가르침을 굳게 믿었다.

이모는 이를 악물고 펑펑 울며, 코와 귀에 구멍을 숭숭 뚫은 가 장 키가 큰 닭벼슬 청년 쪽으로 뛰어가 공중전화박스로 끌고 갔 다. 나머지 청년들은 자그마한 중국 여자의 힘에 놀라워하며 깔깔 댔다. 이모는 눈물을 그치지 않은 채 전화 수화기를 들어 청년에 게 쥐어 주었다. 그 다음 전화번호와 주소가 적힌 종이를 주고 손 가방 속에 있던 돈다발을 보여 주었다. 필요하다면 주겠다는 의미 였다. 친절을 베풀어 전화를 걸어 주고, 지금 상황을 설명해 주기 를 바랐다. 이 모든 것을 이해시키기 힘들었지만, 목에 용 문신을 드러낸 그 펑크족 청년은 이모가 자신들을 무서워하는 것보다 더 이모가 무서웠던 모양이다.

펑크족 청년은 작은 체구에서 그렇게 신경질적으로 막무가내 소리치는 여자를 한 번도 본 적이 없었다. 펑크족 청년들이 어떻게 할지 의논하는 동안, 이모는 수화기를 휘둘러 청년들 머리를 치는 바람에 청년들은 팔로 막아야 했다. 마침내 닭벼슬 머리와 '피어싱'을 한 청년이 이모 손에서 수화기를 받아 전화번호를 누르고 이모가 이해하지 못하는 말로 누군가와 이야기했다. 청년은 주소가 적힌 종이를 확인하고 알겠다는 시늉을 했다. 통화를 끝내자, 이모는 청년의 눈을 쳐다보며 다시 돈다발을 보여 주었다. 청년은 친구들과 이야기하고는 이모의 짐을 들었다. 이모는 소리소리 지르며 청년들을 때리고 발길질하기 시작했다. 훔쳐가는 줄 알았던 모양이다. 하지만 전화를 걸어 준 청년이 침착하라고 손짓을 하고는 손을 들어 지나가는 택시를 세웠다.

바르셀로나에서 쯔양과 쯔양 부모가 본 이모의 첫 모습은 이모와 이모의 짐을 든 닭벼슬 머리에 쇠사슬을 주렁주렁 매단 네 명의 펑크족과 함께 택시에서 내리는 모습이었다. 생판 모르는 도시에서 겪은 끔찍한 경험 끝에 마침내 이모는 가족을 알아보고 안도 하며 미소지었다. 쯔양과 쯔양 부모는 엄마가 일하는 음식점 문 앞에서 이모를 기다리다, 그 이상야릇한 수행원들과 함께 나타난 이모를 보고 입이 쩍 벌어졌다. 청년들이 짐을 땅에 내려놓고 이모에게 악수를 하는 동안 쯔양 엄마가 물었다.

"그런데 언니, 이 사람들은 다 뭐야?"

펑크족 청년은 가게 종업원과 통화하며 어떤 중국인 여자가 인사불성이 되어 그 번호로 전화를 걸어 달라고 간청했다고 설명했다. 가게에서 누가 짐을 잔뜩 가져온 중국 여자가 오길 기다리느냐고 물었다. 그러자 종업원은 다른 직원들에게 물었고, 쯔양의 엄마가 재빨리 와서 자기라고 말했던 것이다.

"네, 네, 우리 언니예요. 중국에서 왔는데 길을 잃었어요!"

종업원은 펑크족 청년에서 가게까지 어떻게 오는지 설명했다. 쯔양 아빠는 펑크족 청년들에게 감사의 인사를 하고 바르셀로나 시내로 되돌아가는 택시요금을 내주었다. 쑨페이 이모는 짐을 들고 집으로 가며 하소연했다.

"바르셀로나에서 사는 게 이렇게 복잡한지 상상도 못했어!"

쯔양은 이야기를 들으며 웃겨 죽을 뻔했다.

쯔양은 지금 지하철에서 그때 일을 떠올리며 다시 웃었다. 쑨페이 이모는 이곳 생활에 급하게 적응해야 했다! 다른 도리가 없었다. 쯔양은 시계를 보았다.

'이런! 일에 늦겠네!'

지하철에서 내려 다른 노선으로 갈아타기 위해 통로를 지나갔다. 그때 줄지어 가는 학생들을 피해야 했다. 학생들은 도시의 교통수단인 미로 같은 지하도에서 길을 잃지 않기 위해 짝과 손을 잡고 나란히 줄 서서 선생님과 함께 앞으로 가고 있었다.

카탈루냐 축제의 여왕

베니에게는 모든 게 멋져 보였다.

바르셀로나는 신기하고, 거대하고, 환상적이고, 매력적이고……. 수천 가지 꾸밈말로도 모자랐다. 지하철도 마찬가지였다. 얼마나 넓은지! 얼마나 휘황찬란한지! 얼마나 사람들이 많은지! 함께 간 선생님들은 자주 안내판 앞에서 멈춰 서야 했다. 어떤 노선을 탈지, 아니면 어느 역에서 내릴지 알아보기 위해서다. 하지만 지하철역에 있는 모든 사람들은 아무것도 보지 않고 바삐 갈 길을 갔다. 노선을 다 외운 것이다!

아리아드나가 필라르 선생님에게 물었다.

"색색 가지 노선이 저렇게 많은데 헷갈리지도 않나 봐요?"

"무슨 소리야. 저 사람들은 날마다 다녀서 이미 외웠을 걸. 너도 마요르에서 라발 누에바까지 가는 길을 알잖아?"

아리아드나가 대답했다.

"그럼요."

"그 길이 너한테 쉽듯이 바르셀로나 사람들은 지하철이 쉬운 거야."

아리아드나의 손을 잡고 함께 가고 있던 베니는 선생님과 아리아드나의 대화를 듣고 있었다. 선생님들은 지하철을 타고 갈 때도, 도시의 거리를 걸을 때도 짝을 지어 가도록 했다. 맨 앞에 필라르 선생님이 가고, 그 다음 일곱 쌍의 아이들, 그 다음 신타 선생님, 그 다음 여덟 쌍의 아이들이 따라갔고, 마지막으로 행렬 끝에 체육을 맡은 마넬 선생님이 갔다. 바르셀로나에서는 길을 잃지 않도록 모든 아이가 그렇게 손을 잡고 가야 했다. 도시가 매우 커서 한눈을 팔다 가는 혼자 남기 십상이다. 그러면 큰일이다! 잃어버리면 영영 못 찾을지도 모른다! 아리아드나는 그렇게 말했지만, 베니는 조금 과장되었다고 생각했다.

"넌 빨리 찾을 거 같아. 까무잡잡하잖아. 까무잡잡한 아이들은 별로 없으니까. 아무리 그래도 찾으려면 하루는 더 걸릴걸."

아리아드나는 그날 아침 로케테스에서 바르셀로나로 가는 버스 안에서 이렇게 말했다. 아이들은 마을에서 아침 일곱 시에 떠났다. 모두 새벽부터 서둘러야 했다. 베니 엄마는 언제나 일찍 일어난다. 토르토사에 있는 공장에 일찍 가야 하기 때문이다. 그날 아침 엄마와 딸은 함께 아침식사를 했고, 엄마는 배낭에 샌드위치와 음료수를 넣어 주었다.

반 전체가 가우디라는 사람이 만든 건축물들을 보러 갔다. 그리고 구엘 공원의 푸르스름한 벤치에 앉아 점심을 먹었다. 그런 다음 지하철로 도심에 있는 그라시아 산책로로 갔다. 지하통로는 아이들의 감탄을 자아냈다. 베니는 모든 걸 보기에 두 눈으로도 모자랐고, 두 손은 아리아드나의 손을 놓치지 않기 위해 바빴다.

베니가 살고 있는 마을에는 그렇게 많은 사람이 다니는 것을 본 적이 없었고, 거대한 영화 포스터가 번쩍이는 휘황찬란한 지하도도 없다. 마을길은 좁고, 집은 나지막하고, 공원들은 가우디 공원보다 수수했다.

베니의 부모는 아프리카에 있는 나라인 코트디부아르에서 와서 카탈루냐 지방 남부에 있는 엘 바익스 에브레에 자리 잡았다. 베니는 로케테스에서 태어나 그곳에서 계속 살고 있다. 어렸을 때 베니와 남동생은 다른 아이들과 다르다는 걸 깨달았다. 피부색이 훨씬 더 까맸기 때문이다. 사실 엄마 아빠도 베니와 남동생처럼 검은 피부였고, 마을에는 베니 가족처럼 그렇게 검은 피부를 가진 사람이 아무도 없었다. 그리고 집에서 쓰는 말과 학교에서 쓰는 말과 똑같지 않다는 걸 알았다. 그래서 베니와 동생은 다른 사람들이 알아듣지 못하게 대화를 할 수 있었다. 부모님은 그런 아이들을 나무랐다.

"우리말은 집에서만 쓰는 거야. 밖에서는 다른 사람들처럼 카탈란 어를 쓰도록 노력해야 해. 너희들은 여기서 태어났으니 너희가 속한 사회의 일원이 되어야 해."

남동생은 이런 핑계를 댔다.

"하지만 재미있는 걸. 우리가 무슨 말을 하는지 아무도 모르잖아."

엄마가 말했다.

"그래, 재미있기도 하고, 비밀 이야기나 남 흉보기에는 좋을지도 몰라. 하지만 절대로 스스로 벽을 만들어서는 안 돼."

"그게 무슨 말이야?"

엄마가 설명했다.

"가끔 너희를 언짢게 만드는 것들로부터 도망치는 걸 말해. 울면서 집에 온 그날처럼 말이야, 베니. 어떤 아이가 너한테 원숭이라며 놀렸잖니? 또 언젠가는 어떤 아주머니가 너희들 피부색에 대해 뭐라 말하면서 다른 아이들에게 준 걸 너희들에게는 안 준 적 있잖아. 또 얀, 어떤 아이가 냄새 난다고 해서 넌 언제나 깨끗이 씻고 다니잖니.

너희 아빠와 내가 마을에 왔을 때 여기에는 아프리카 사람이 단 한 명도 살고 있지 않았어. 우리가 처음이었지. 마침내 어렵게 아파트를 구했는데, 이웃 사람들이 우리를 이상하게 쳐다보는 거야. 아파트뿐 아니라 일자리도 구하기 힘들었지. 이 모든 건 우리가 뭘 잘못해서가 아니야. 우린 다른 사람들처럼 아파트를 잘 관리하고, 누구보다 열심히 일을 했지. 하지만 우린 그들과 피부색과 문화가 달라. 그래서 여기 사람들에게 우린 그들과 같지 않고, 그들처럼 일을 하지 못한다는 선입관을 주지.

하지만 이제는 우리를 알고, 우리를 이웃으로 대해 줘. 그리고 너희는 그들의 아이들처럼 학교에 가고 그들과 같은 언어로 말해. 이제는 모든 게 제대로 돌아가고 있어. 그래서 너희는 이 마을과 이 문화에서 산다는 걸 기억하는 게 중요해. 우리 것을 간직하고 있다는 건 다른 사람들이 갖지 못한 보물이자 재산이긴 하지만 우리한테만, 집안에서만, 우리 식구끼리만 해당되는 거야."

몇 달 전 엄마에게는 기쁨을, 동시에 아빠에게는 놀라움을 준 사건이 있었다. 시청 직원이 나와 베니에 대해서 부모와 이야기하고 싶다고 한 것이다. 아빠는 밭일을 하고 있어서 집에 엄마 혼자 있었다. 베니는 같은 방에 있지 않았지만 아파트가 작아서 시청직원이 하는 말이 또렷이 들렸다. 엄마가 놀라서 물었다.

"우리 딸이 무슨 일을 했나요?"

남자는 매우 만족스럽게 말했다.

"음, 네. 따님이 여덟 살이 되었지요. 여덟 살이 된 아이들은 마을 축제의 여왕의 후보가 됩니다. 아시죠?"

알고 있었다. 해마다 여름이 되면 7월 초 마을축제 동안 열여덟 살과 여덟 살이 된 아이들 중 축제의 여왕을 뽑았다. 마을에 있는 각 기관이나 후원단체, 회사는 가장행렬, 댄스파티, 헌화식과 나머지 예정된 행사가 진행되는 동안 자기 단체를 대표하게 될 여자아이를 한 명씩 뽑게 된다.

"시청에서 베니를 축제의 여왕으로 뽑는 게 어떻겠느냐고 제안을 해왔습니다. 그래서 어떻게 생각하시는지 여쭤 보려고 온 거예요."

'축제의 여왕? 내가, 축제의 여왕?'

베니는 방에서 듣고 귀를 의심했다. 시청직원은 말을 계속했다.

"여덟 살, 열여덟 살의 축제의 여왕은 우리 시를 대표하는 여성입니다. 여성들의 모델이 되는 거예요. 베니는 흑인이고 아프리카의 뿌리를 가지고 있습니다. 하지만 여기서 태어났으니까 어떤 면에서 지금 우리 사회를 잘 나타내 주고 있지요. 그렇게 생각하지 않으세요?"

엄마는 고개를 끄덕였지만 얼른 이해가 되지 않았다.

"그러니까 베니가 로케테스 전통 의상을 입고 가장행렬을 하고, 파티복을 입고 악단을 이끌며 춤추게 하신다는 말씀이신지……"

"물론이지요. 매년 축제의 여왕들이 하는 것처럼 모든 행사에 참여하길 원합니다."

시청직원은 진심으로 말했고, 베니 엄마처럼 이상하다는 표정을 짓지 않았다. 하지만 엄마는 딸이 카탈루냐 시골처녀 옷을 입고 시장과 팔짱을 낀 모습을 상상하는 것만으로 웃음이 나왔다.

"아…… 잘 모르겠어요……. 저는 지금 놀라서……."

엄마는 말을 더듬으며 웃음을 참으려고 애썼다. 시청직원이 물었다.

"본인과 이야기해 봐도 될까요?"

베니는 주방으로 들어와 손을 내미는 그 사람과 악수한 뒤, 이미 들은 말을 다시 들었다.

"다른 여덟 살 아이들에게도 물어보셨나요?"

"그럼. 후보들은 전부 너희 반 친구들이란다. 각 단체가 추천을 하면, 우리는 누구를 할지 정해야 하지. 문사 알지?"

"그럼요. 제 친구인 걸요."

"문사는 리라 로케텐세(로케테스 시의 음악밴드-옮긴이)의 여왕이 될 거야."

"와!"

베니는 감탄했다.

"하지만 그건 별 거 아냐."

그 사람은 윙크를 하며 덧붙였다.

"너에겐 여왕 중의 여왕을 부탁하려고 해. 가장 으뜸가는 여왕!"

베니는 입이 떡 벌어졌고, 엄마도 마찬가지였다.

베니와 엄마는 아빠와 의논해 보고 다음날 시청에 알려 주겠다고 약속했다. 시청직원이 가자, 베니와 엄마는 소파에 나란히 앉아 아무 말 없이 서로 바라보았다. 그런 다음 베니가 얼굴을 씰룩거리자, 둘은 어쩔 줄 몰라 하며 깔깔댔다.

아빠는 저녁식사 도중 베니 이야기를 들었다. 포크가 접시와 아빠 입 사이에서 멈추었다. 동생도 멍해졌다. 동생이 마침내 입을 열었다.

"누나가 우리 마을 미스 진이 되는 거야?"

"미스 진이 아니야. 축제의 여왕이지!"

"악단을 이끌고 다른 사람들처럼 파뇰리(밀가루 반죽을 기름에 튀긴 것으로 카탈루냐 지방에서 축제 때 사람들에게 나눠 준다. —옮긴이)를 나눠 줘?"

엄마가 끼어들었다.

"물론이지. 축제날 공주처럼 입고 댄스파티를 열 거야."

얀은 베니를 쳐다보았다. 베니는 여전히 입을 못 다무는 아빠

와 중간에서 멈춰 버린 포크를 보고 있었다. 아빠는 결국 이렇게
물었다.

"농담이지?"

"농담 아니야, 아빠. 나더러 여왕 중의 여왕을 하래. 아빠 승낙
만 받으면 돼."

"하지만…… 넌…… 우린…… 난……."

그러자 엄마는 다시 웃음을 터뜨렸다.

"당신도 퍼레이드에서 발타사르(동방박사 세 사람 중 한 사람—옮
긴이)를 하잖아요."

"그건 다르지!"

그날 밤 아이들이 잠들었을 때, 아빠와 엄마는 베니를 마을 역사
상 가장 가무잡잡한 축제의 여왕을 시키기로 결정했다. 디자이너
는 베니를 위해 축제의 여왕들이 입는 옷 두 벌, 즉 전통 의상과 파
티복을 만들기 시작했다. 파티복은 발까지 내려오는 하얀 드레스
로, 이 옷을 입고 댄스파티가 있는 날 시장님과 팔짱을 끼고 왈츠
를 추게 된다. 베니는 벌써 토요일마다 같은 반 남자친구와 춤 연
습을 시작했고, 어느 날 오후에는 집에서 엄마와도 해 보았다. 베
니와 엄마는 댄스 짝꿍처럼 음악 테이프를 틀어놓고 왈츠를 춰 보

기도 했다. 주방에서 식당까지 돌고, 또 돌다 급기야는 웃음이 터져 나왔고, 어지러워 소파에 앉아야 했다.

베니는 그 생각을 하며 아리아드나의 손을 잡고 바르셀로나의 휘황찬란한 지하도를 걷다가 젊은 긴 금발머리의 여자가 나오는 웨딩드레스 가게 광고판 앞에서 넋을 잃고 말았다. 아리아드나는 베니의 팔을 잡아당겼다. 신타 선생님이 아이들이 꾸물거린다고 주의를 주었기 때문이다.

"얘들아, 그렇게 넋 놓고 보다간 지하철 놓치겠다!"

승강장에 도착해 지하철을 기다리는 동안에도, 짝을 지은 아이들은 벽에 다닥다닥 붙어 있었다.

유리 탑

클라우디아는 엄마 손을 잡고 학생들 무리 앞을 지나갔다.

"어머, 저 아이들 소풍 가나 봐. 정말 말 잘 듣네!"

엄마는 아이들의 태도와 질서 있는 모습을 지켜보며 감탄했다. 하지만 클라우디아는 특히 한 여자 아이에게 눈길이 머물렀다. 그 아이는 클라우디아와 비슷한 피부색을 가졌다. 어쩌면 조금 더 검을지도 모른다. 두 아이는 서로 미소지었다. 엄마가 선생님이 아이들 지도를 잘한다고 칭찬하는 소리가 들렸다. 아이들이 앞으로 나아가자 엄마가 말했다.

"클라우디아, 엄마는 선생님이 널 칭찬하려고 전화하는 날이 오면 좋겠어. 지금처럼 네 잘못을 말씀하려고 전화하지 않고."

클라우디아가 받아 넘겼다.

"소풍 갈 땐 나도 말 잘 들어!"

"소풍 갈 땐 그럴지도 모르지. 하지만 다른 때는? 평생 소풍만 갈래?"

'치, 그렇게 살면 되지 뭐.'

클라우디아는 속으로 투덜댔다. 다시 아이들 중 가장 까무잡잡한 여자 아이에게 눈길을 돌렸다. 아이는 갈래갈래 촘촘히 땋은 머리들을 색색 가지 방울로 묶고 있었다. 클라우디아도 그렇게 머리를 하고 싶었지만 엄마는 절대로 못하게 했다.

'엄마가 허락 안 해도 언젠가 미용실에 가서 미용사에게 그 머리 해 달래야지. 머리 땋기 위해 돈을 모을 거야! 꼭 그럴 거야!'

클라우디아는 그런 머리를 하고 집에 가면 엄마한테 혼나거나, 심하면 벌을 받을 거라고 생각했다. 하지만 이미 마음의 준비가 되어 있었다! 클라우디아는 엄마의 말을 안 들을 생각은 없지만, 언제나 엄마가 싫어하는 쪽으로 일이 어긋났다. 그렇지만 어쩔 수 없었다.

가끔 성격과 성품에 문제가 있는 게 아닐까 하는 생각을 하기도 했다. 심지어 피의 문제일 수도 있다고 생각했다. 클라우디아는 입양아였다. 그래서 엄마가 정말 자기를 잘못 입양한 게 아닌지 생각해 볼 때가 종종 있다.

'아마 난 내 친부모의 성향을 이어받았는지도 몰라. 그래서 가엾은 엄마가 힘든 거야. 나와 다르니까. 우리는 시각이 달라서 서로 이해하지 못해.'

언젠가 선생님한테 이런 고민을 말한 적이 있다.

"네가 몇 살 때 입양되었지?"

선생님이 묻자 클라우디아는 사실대로 말했다. 자기가 6개월밖에 안 되었을 때, 엄마가 자기를 데리러 모잠비크에 왔다고. 그러자 선생님이 말했다.

"그러면 어머니가 너를 교육시킨 거네. 그렇다면 네가 말한 게 별 의미가 없어. 아이들은 교육받은 대로 크는데, 넌 아기였을 때부터 엄마 교육을 받고 자랐잖아!"

클라우디아는 자기 생각을 말했다.

"하지만 아프리카에서 태어났을 때 있었던 뭔가가 저한테 남아 있을지도 모르잖아요!"

"그럴 수도 있지."

선생님은 인정했다.

"하지만 그런 경우 유전적인 문제지, 성격이나 교육의 문제가 아니야. 클라우디아, 넌 카탈루냐 사람이야. 아프리카에서 태어났지만 엄마가 카탈루냐에서 널 키우고 교육시켰잖아. 네가 해야 할 일은 더 말 잘 듣고, 엄마와 선생님들 속 썩이지 않게 조심하는 거야."

하지만 그렇게 하기란 힘들었다! 정말로 힘들었다!

클라우디아 엄마는 아이를 갖고 싶었다. 결혼을 안 했지만, 아이를 키우고 교육시키고 싶었다. 그래서 입양을 결심했다. 정보를 찾고, 입양을 담당하는 정부 부처에 연락한 후 마침내 모잠비크에서 아기를 입양하기로 했다. 정보에 따르면 모잠비크에서는 혼자 사는 여자들이 아이를 입양하는 절차가 쉬웠다. 클라우디아 엄마는 고정적인 직업과 자기 소유의 집이 있다는 것을 증명하면 됐다. 바르셀로나에서 모든 수속을 밟았고, 합법적인 입양 절차가 시작되었다는 것을 확인받았다. 여자 아이를 입양하게 될 거라는 통지를 받은 후 인터넷을 통해 클라우디아의 사진을 보았다. 그리고 사진뿐 아니라, 아직은 품에 안지 않은 딸의 커가는 모습을 정기적으로 받아 보았다. 입양 절차가 시작된 지 일 년 뒤, 엄마는 모잠비크로 가서 입양 절차를 마무리 짓고 아이를 데리고 왔다.

클라우디아는 자기가 태어난 곳에 대한 기억이 없다. 하지만 어디서 왔다는 명백한 표시로 그곳의 피부색이 남아 있다. 클라우디아에게는 사랑이 넘치는 할머니 할아버지와 클라우디아를 무척 사랑하는 엄마가 있다. 문제는 학교에서 아이들이 아빠 이야기를 할 때 클라우디아는 아빠가 없다고 말하고, 인종 이야기를 할 때 자기는 흑인이라고 말해야 한다는 것이다. 클라우디아는 그 사실을 분명히 알고 있다. 엄마가 어렸을 때 전부 이야기해 주었다. 클라우디아는 일찍부터 유아원의 다른 아이들과 같지 않다는 걸 알아차렸다.

엄마는 세계지도를 보여 주며 아프리카가 어디 있는지 가르쳐 주고, 그 다음 아프리카만 나와 있는 다른 지도를 보여 주며 클라우디아가 태어나고 여섯 달밖에 안 되었을 때 엄마가 찾아간 나라, 모잠비크가 어디 있는지 가르쳐 주었다.

"거기에는 모든 사람이 너와 피부색이 똑같아. 너를 낳아 준 부모도 그렇고."

엄마가 그렇게 설명해 주자, 클라우디아는 낳아 준 부모가 자기를 원하지 않았냐고 물었다. 그러자 엄마는 확실한 건 모르지만 이렇게 설명했다. 모잠비크는 우리처럼 부유한 나라가 아니라고. 그래서 돈과 일이 없는데 자식이 많은 집에서 또 아이가 생기면 짐이 될 수 있다고.

"여기서 그들을 판단해선 안 돼. 그쪽 생활은 여기와 다르거든. 까닭이 있을 거야, 클라우디아."

매우 어렸을 때부터 클라우디아는 부산하고 다루기 힘들었다. 다른 아이들과 같이 놀 때는 대장이 되어 자기 마음대로 했다. 할머니가 클라우디아를 공원에 데리고 갔을 때 까무잡잡한 손녀딸이 놀다가 소프라노로 목소리를 높이자 다른 엄마와 할머니들이 아무 말 없이 얼굴을 찌푸리는 모습을 보았다.

클라우디아는 때리려고 손을 올릴 때가 많았고, 실제로 같이 노는 친구들을 때리거나 머리카락을 잡아당기는 일도 종종 있었다. 맞은 아이가 울면서 자기 엄마나 할머니 품으로 왔을 때, 클라우디아 할머니는 "저 앤 꼬마 악마야!"라는 말을 여러 번 들었다.

"애 교육 좀 잘 시키세요! 짐승 새끼도 아니고!"

그때마다 할머니는 언제나 클라우디아 편을 들며 애들끼리 놀다 보면 그럴 수 있다고 말하지만, 엄마는 확신이 없었다.

"내 딸은 폭력적이야. 때리는 걸 좋아해!"

클라우디아는 유치원에 다닐 때나 학교에 들어간 때부터 문제였다. 그래서 엄마는 선생님의 조언에 따라 클라우디아를 신경정신과 의사에게 데리고 갔다. 의사는 클라우디아가 과잉행동장애를 앓고 있어 약을 먹어야 한다고 했다. 그와는 별도로 당연히 태도와 습관을 고쳐야 했다. 엄마는 최선을 다했고, 클라우디아도 마찬가지였다. 하지만 집중하고 차분해지기가 어려웠다. 하루 종일 안절부절못하고 절대로 멈출 수 없는 것처럼 왔다 갔다 했다.

일을 끝내기 위해 마음은 급했고, 놀이에 쉽게 싫증을 냈기 때문에 계속적인 자극이 필요했다. 선생님들은 과잉행동장애는 21세기병이고, 그 병을 앓고 있는 아이는 반에서 문제가 된다고 엄마에게 털어 놓았다. 몇 년이 지나 증상이 조금 나아져서 이제 클라우디아는 약을 먹지 않게 되었다.

"넌 착한 거랑 거리가 멀어. 영원히 그럴 거 같아. 얼마 안 있어 반항하는 사춘기가 되면 날 어떻게 놀라게 할지……."

엄마는 이렇게 하소연했다. 그럴 때면 클라우디아는 자신의 뿌리가 아프리카임을 강조했다. 아마도 모험을 좋아하고, 야생적이고, 서양의 삶에 주어지는 속박 없이 자유롭게 살고 싶어 하는 본

능이 있는 것 같다고 말했다. 그러면 엄마는 이렇게 말하곤 했다.

"쓸데없는 소리! 네가 해야 할 일은 말 잘 듣고 착하게 행동하는 거야!"

이틀 전 클라우디아 생일에 엄마는 딸 친구들을 초대했다. 케이크와 게임, 선물이 있는 성대한 파티였고, 클라우디아는 파티 주인공 역할을 톡톡히 잘해 냈다. 저녁 아홉 시 즈음 모두 집으로 돌아가고, 엄마 친구 둘만 남아 저녁을 먹었다. 카바(샴페인처럼 거품이 이는 스페인산 포도주—옮긴이)로 건배를 하고 나서 어른들이 소파에서 이야기를 나누고 있을 때, 클라우디아는 엄마에게 고마운 마음을 표현하고 싶어서 식탁을 치우겠다고 말했다. 엄마는 한숨을 푹 쉬며 아이들의 간식과 이후에 어른들의 저녁식사가 차려졌던 큰 식탁을 흘깃 보았다.

"조심해야 해, 클라우디아. 치울 게 너무 많으니까."

"괜찮아, 엄마. 먼저 부엌을 조금 치우면 식탁에 있는 걸 모두 갖다 놓을 자리가 생길 거야."

접시, 컵, 잔, 쟁반, 병……. 엄마는 어찌될지 눈에 선했다.

"클라우디아, 안 해도 괜찮아. 침대로 가서 잠깐 책이나 읽으렴. 루이스 아줌마랑 로사 아줌마가 가기 전에 치우는 거 도와줄 거야, 아가."

하지만 클라우디아는 고집을 부렸다.

"아냐, 아냐. 걱정 마. 엄마는 얘기하면서 쉬어. 내가 다 치워 놓을게."

엄마와 친구들은 서로 의심쩍은 눈길을 보냈다. 아이가 평소에 가만 있지 못한다는 걸 잘 알고 있었기 때문이다.

처음에는 모든 게 순조로웠다. 클라우디아는 부엌을 치우고, 식당에 있는 모든 걸 갖다 놓기 위해 탁자와 조리대를 치웠다. 엄마와 엄마 친구들은 이야기하면서 아이가 접시와 병, 쟁반을 들고 왔다 갔다 하는 모습을 지켜보았다. 마침내 컵만 남았고, 사실 클라우디아는 이미 이 일에 싫증을 느끼고 있었다. 하지만 하겠다고 했으니 약속을 지켜야 했다. 큰 식탁 가운데에 있는 컵들을 치우기 위해 의자 위로 올라갔다. 이때 엄마가 주의를 주었다.

"조심해, 떨어질라."

클라우디아는 고개를 끄덕이고 컵 쪽으로 갔다. 하도 많아서 부엌까지 여덟 번에서 열 번은 왔다 갔다 해야 했다. 그때 좋은 생각이 떠올랐다. 웃고 이야기하는 어른들을 흘깃 본 뒤, 컵으로 탑을 쌓아 두세 번만에 부엌으로 가져가야겠다고 마음먹었다. 그리고 잽싸게 컵 위에 컵을 올려 탑을 쌓기 시작했다. 엄마와 엄마 친구들은 흥미롭고 재미있는 뭔가에 대해 이야기하고 있는 게 틀림없었다. 끊임없이 웃었기 때문이다. 클라우디아를 살짝 잊고 있는 것 같았다. 클라우디아가 일고여덟 개의 컵으로 탑을 만들었을 때 이런 생각을 했다.

'컵 두 개만 더 얹으면?'

그리고 엄마 쪽을 흘깃 보았다. 아무도 클라우디아를 보고 있지 않았다. 두 개, 세 개, 네 개를 더 얹었다. 유리 기둥은 어마어마하게 커졌지만, 엄마와 엄마 친구들은 계속 깔깔댔다.

'한 번에 다 나를 수 있을까? 그럼 일이 팍 주는데!'

클라우디아는 이미 의자 위에 까치발로 서서 마지막 컵을 얹었다. 쌓아 올린 그 건축물이 주는 황홀함으로 가슴이 벅찼다. 이미 일도, 왜 컵을 쌓아 올렸는지도 생각하지 않았다. 유리 탑 앞에서 클라우디아는 자기 할 일을 잊고, 높다란 마천루처럼 식탁 위에 우뚝 솟아 있는 투명한 건축물에 마음을 빼앗겨 버렸다.

'환상적이야. 이걸 나 혼자 만들었어!'

어른들은 아직도 클라우디아를 보지 않았다.

'이제 부엌으로 가져가는 일만 남았어.'

클라우디아는 건축가가 된 상상에서 깨어났다. 하지만 어떻게 탑의 균형을 잡을 수 있을까? 가는 길에 발이 꼬이면? 갑자기 좋은 생각이 났다. 컵들이 서로 잘 끼여 있는지 확인했다.

'그렇다면……'

엄마 친구들이 기겁한 순간 소파에서 얼어붙었고, 딸을 등지고 한눈을 팔고 있던 엄마는 손님들이 지르는 비명소리에 화들짝 놀랐다. 심했으면 심장이 입 밖으로 튀어나왔을 것이다. 엄마 친구들은 클라우디아가 거의 일 미터 오십 센티미터나 되는 유리 기둥을 들고 의자에서 내려오는 모습을 믿을 수 없다는 듯 쳐다보았다. 그것도 맨 끝을 잡고서! 맨 꼭대기에 있는 컵 말이다!

엄마와 친구들은 너무 놀라 얼어붙은 입으로 외마디 비명을 지르며 아이가 유리 기둥 꼭대기를 잡고 의자에서 내려오는 모습을 보고 있었다. 무너지지 않고 공기 중에서 휘청거리는 유리 기둥. 피사의 사탑처럼, 하지만 거꾸로 매달려 기울어진 유리 기둥. 세 명의 어른들은 소파에서 동시에 일어나 그 모든 컵이 깨지는 걸 막기 위해 허겁지겁 기둥 밑으로 뛰어갔다.

기적적으로 컵은 하나도 깨지지 않았다. 컵들이 꽉 끼여 있던 모양이다. 기둥이 땅에서 오센티미터 높이에서 출렁이면서 일 미터나 앞으로 나아갔음에도 불구하고 무너지지 않았다. 그리고 어른들이 때맞춰 손을 써 재앙을 막았다!

클라우디아는 벌로 삼일 동안 텔레비전을 보지 못했다. 식탁 치우는 걸 도와주었다는 벌로 말이다. 클라우디아는 억울하다고 생각했다. 오늘 밤에도 집에서 혼자 저녁을 먹으며 텔레비전도 못 보고 음악도 듣지 못할 것이다. 소풍 나온 그 아이는 자기보다 운이 좋은 거라고 생각했다. 지하철이 왔고, 클라우디아와 엄마 그리고 소풍 온 아이들은 지하철에 탔다. 문이 닫히고 열차가 달리기 시작했다. 클라우디아가 물었다.

"유리컵 탑 용서해 줄 거야, 엄마?"

"용서? 말도 안 되는 소리! 놀란 걸 생각하면! 넌 일을 제대로 하는 걸 배워야 해. 그리고 '정글에서 나를 부르니 어쩌니' 그딴 소리 하지 마! 그랬다간 꿀밤 맞을 줄 알아! 어디서 그렇게 컵을 쌓는 걸 본 건지! 그리고 어떻게 맨 위에 있는 컵을 잡을 생각을 한 건지……!"

클라우디아는 화난 표정으로 가는 내내 입을 꼭 다물었다. 내려야 할 역에 다다랐을 때, 엄마와 클라우디아는 지하철에서 내려

승강장을 걸어갔다. 클라우디아는 지하철 타는 걸 무척 좋아하지만, 엄마는 혼자 타는 것을 허락하지 않았다. 그때 아이들 몇 명이 달려오더니 표를 사지 않고 쇠봉을 훌쩍 뛰어넘어 안으로 들어갔다. 표를 파는 여자가 유리로 된 판매부스에서 뛰어나와 아이들을 불렀다.

클라우디아는 날쌔게 쇠봉을 뛰어넘고, 화를 내며 경고하는 소리에 아랑곳하지 않고 달려가는 아이들의 모습에 감탄했다. 여자가 소리쳤다.

"이건 대중교통이야! 모든 사람이 돈을 내야 한다고! 이리 오지 못해! 경찰을 부를 거야!"

그 순간 클라우디아와 엄마처럼 지하철을 타고 내리는 사람들이 멈춰 서서 놀란 채로 그 광경을 바라보았다. 아이들은 승강장으로 냅다 뛰어갔고, 여자는 자리를 비울 수 없어서 그들을 더 이상 쫓지 못했다. 그 모습을 엄마가 경고했다.

"저건 나쁜 짓이야. 저렇게 시작해 훗날 범죄자가 되는 거야. 부모들이 아이들에게 조금 더 신경 쓴다면……."

엄마가 구시렁대는 동안, 클라우디아는 보이지 않을 때까지 달려가는 아이들을 눈으로 쫓았다.

탱고 노랫말 같은 인생

아이들 무리는 쇠봉을 뛰어넘어

직원의 고함소리를 뒤로 하고, 승강장에 도착하자마자 낄낄대며 팔을 들어 축구나 농구팀 선수들이 골대에 공을 넣었을 때처럼 서로의 손바닥을 마주치며 즐거워했다. 아이들은 네 명이었고, 한 패거리였다. 적어도 그들 자신은 그렇게 느끼며, 스스로 '믹스티스'라고 불렀다. 좋은 학생들이 아니었다.

중학교 2학년에서 따야 할 학점을 대부분 따지 못하고, 해야 할 과제에 대해 관심이 없고, 쉬는 시간에 학교에서 도망치고, 선생님들을 애먹이고, 숙제를 하지 않고, 준비물을 챙겨오지 않고, 반 친구들과 어울리지 않고……. 구제불능인 패거리! 또 다른 공통점이 있었다. 바로 아이들을 통제할 사람이 아무도 없다는 것이다. 학교에서 오면 집에 아무도 없었다. 방과 후 학습을 챙겨주는 사람도, 숙제를 시키는 사람도, 야단치는 사람도, 칭찬해 주는 사람도 없었다.

네 아이들의 아빠 엄마는 저녁 늦게, 밤 열 시 즈음 집으로 돌아왔다. 집에 와서 저녁을 준비하면서 아이들에게 오늘 하루 어땠냐고, 숙제는 다 했냐고 물어보았다. 그러면 아이들은 어김없이 잘 보냈고, 숙제는 다 했다고 대답했다. "텔레비전 많이 봤니?" 하고 부모가 물어보면, 아이들은 "아니요, 엄마" 또는 "아니요, 아빠. 숙제 다 해 놓고 잠깐 봤어요." 하고 대답했다.

사실 아이들은 아홉 시나 아홉 시 십오 분에 들어와서, 겉옷을 벗기도 전에 텔레비전을 켰다가 부모님이 오기 오 분 전에 껐다. 믹스티스 패거리는 통제가 안 되고, 밤늦게까지 거리를 배회하고, 요금을 내지 않고 지하철을 탄다고 소문이 자자했다. 그 모든 게 사실이었다. 그들 자신도 이렇게 말했다.

"우리 믹스티스는 진정한 패거리야. 우리에 대한 이야기 모두 사실이지. 우리는 우리 자신과 우리가 하는 일이 자랑스러워."

많은 사람은 믹스티스가 자기 삶과 미래를 망치는 걸 자랑스러워한다고 생각했다. 그들의 이름은 카를레스, 파우, 호세, 돌포였다. 앞의 셋은 카탈루냐 사람이고, 돌포는 아르헨티나에서 왔다. 불과 이 년 전에 부모님과 함께 부에노스아이레스에서 왔다. 아빠는 언제나 미래를 내다보고 그런 결정을 내렸다고 했다. 아르헨티나의 상황이 점점 나빠지고 있기 때문에, 제때 올바르게 대처했다고 생각했다.

"지금 거기에 있는 많은 사람이 내 말을 듣지 않은 걸 후회하고 있어."

돈을 조금 모아 이 나라에 온 후 도심에서 떨어진 지역에 싼 아파트를 빌리고, 아빠와 엄마 모두 일자리를 찾아다녔다. 둘 다 일자리를 구하자 동네와 아파트를 바꿨고, 많은 시간 일을 해야 하지만 이제 형편이 상당히 좋아졌다. 때때로 아르헨티나에서 갓 온 사람들이 집에 오면, 마테 차를 마시면서 이 도시에서 자리 잡기 위해 어떻게 했는지 설명해 주었다. 돌포의 부모님은 그 사람들에게는 부러움의 대상이었다. 많은 수가 빈털터리로 왔고, 부에노스아이레스에서 갖고 있던 직업 수준에 못 미치는 일을 찾아야만 했다. 경비원을 하는 의사, 봉급 받는 직원이 된 사업가, 짐을 운반

하거나 피자를 나르는 선생님들······.

돌포의 부모는 아들의 문제를 알고 있어서, 근무시간을 바꾸고 자리가 잡히면 아이를 돌볼 수 있을 거라고 생각했다.

"모든 것은 때가 있어. 모든 걸 한꺼번에 얻을 수 없지."

그러는 동안 돌포는 제멋대로 살고, 학교에서 두 손 두 발 다 든 패거리 믹스티스의 일원이 되었다. 믹스티스는 윗동네 야간 고등학교 여학생들을 만나러 가기 위해 지하철로 숨어 들어갔다. 여학생들과는 어느 토요일에 알게 되었다. 돌포와 다른 세 명의 부모들은 토요일에도 일을 했기 때문에 밤에도 만날 수 있었다.

야간 고등학교 여학생들은 믹스티스와 만나려고 수업을 빼먹었다. 믹스티스는 한 학년 아래지만 매우 재미있고 경험이 풍부하기 때문이다. 물론 믹스티스는 낙제생들이라 적어도 한 학년 이상 다시 다니고 있었다.

돌포는 여학생들을 만나러 지하철로 가는 동안 가장 마음에 드는 실비아를 생각했다. 그렇게 마음에 드는 이유는 다른 여자, 부에노스아이레스에 두고 온 예전 여자친구를 무척 닮았기 때문이다. 돌포는 억지로 여자친구와 헤어져야 했다. 일만 오천 킬로미터나 떨어져 있고, 대양이 가로막고 있는데 어떻게 관계를 유지할 수 있단 말인가? 돌포의 여자친구인 마르가리타는 잘은 몰라도, 관계를 지속시키기 불가능하리란 예감이 들었다. 그래서 돌포가 유럽으로 떠나기 전 며칠 동안 둘은 오래 이야기를 나누었다. 학교 근처 찻집에서 만나 둘만 있을 수 있는 어두컴컴한 구석자리에 앉았다. 사실 어린 아이에 불과했지만 마치 올가미에서 도망친 어른들 같았다. 가방을 의자 밑에 놓고 음료수를 시킨 뒤, 탁자 위에서 서로의 손을 어루만졌다.

돌포는 떠날 날이 가까워 오면서, 부모님과 유럽에 자리 잡은 아르헨티나 사람들이 들려주는 모든 이야기들 때문에 신경이 더 날카로워졌다. 그들은 요즘 들어 자주 전화해 도움말을 주고, 연락처를 가르쳐 주고, 용기를 주었다. 이 모든 것들이 돌포를 혼란스럽게 만들어 하루 종일 신경이 곤두서 있었다. 게다가 마르가리타와의 추억도 잊을 수 없었다.

마르가리타는 돌포가 혼란에 빠진 것을 알고 있었다. 그래서 집에서 혼자 방문을 걸어 잠그고 울면서 생각했다. 자기 가족이 이민을 간다면 자기도 똑같을 거라고. 하지만 찻집에서 돌포가 어떻게 준비되고 있는지 설명하는 걸 듣고 있자니, 주체할 수 없이 화가 치밀어서 의자를 박차고 일어나 온갖 감정에 휩싸여 모험을 꿈꾸는 돌포를 혼자 놔두고 뛰쳐나가고 싶었다.

스페인은 매우 멀고, 바르셀로나는 스페인의 또 다른 끝에 있었다. 대서양은 광대하고, 한없이 길어서 사랑의 버팀목을 부숴버리기에 충분했다. 고래, 상어, 산호초, 타이타닉의 잔해들……. 마르가리타는 돌포와 자신들의 사이를 갈라놓는 대양 속에 있는 모든 것을 상상해 보았다. 작별하기 며칠 전, 마르가리타가 말했다.

"상황이 나아지지 않으면, 아빠가 우리도 떠날 거래."

돌포는 그 말에 매우 기뻐했다.

"유럽으로 갈 거래?"

"응. 아빠가 우리나라가 망하면 그 길밖에 없대."

아르헨티나의 경제 문제는 이미 어른들의 대화 주제나 신문과 라디오 토론 프로그램 제목을 넘어, 두 아이가 개인적으로 겪은 삶의 한 부분이 되었다. 어느 날 엄마가 와서 은행 계좌에서 돈을 뺄 수 없다고 했고, 또 어느 날은 아빠가 와서 직장 동료 열두 명이 해고당했다고 말했다. 그리고 다음번에는 아빠 차례가 될 것 같다고 말했다. 또 다음날은 엄마와 같이 엄마 친구네 집에 가서 슈퍼마켓이나 가게에서 팔지 않는 물건들을 얻어 왔다. 이것을 보면서 '경제 재앙이야.' 하고 돌포는 생각했다.

그러고 나서 연이어 터진 일들로 인해 돌포네 가족은 이민을 가게 되었다. 찻집에 앉아서, 마르가리타는 돌포의 손가락을 만지작거리며 자기들은 일어나고 있는 일에 대해 잘못이 없지만, 그래도 그렇게 피부로 느끼고 있다고 생각했다. 세상은 불합리하지만, 안타까운 건 그 문제를 해결할 방법이 없었다. "앞을 똑바로 보고 상황에 맞서야 해." 하고 아빠가 말했다. 그래서 마르가리타는 돌포 가족의 몰락과 더는 돌포를 볼 수 없다는 슬프고 가슴 아픈 현실에 맞서고자 했다.

어느 날 마르가리타가 돌포에게 말했다.

"날 잊을 거야. 바르셀로나 학교에서 다른 여자 아이들을 만나겠지. 나한테 편지도 안 쓸 거야."

"가능하면 빨리 인터넷을 설치할 거야."

돌포는 마르가리타를 안심시켰다.

"아빠가 컴퓨터를 사 주시면 날마다 이야기를 나눌 수 있어, 정말이야. 그리고 단 하루도 널 잊지 않을 거야, 알겠어?"

누군가 두 아이의 모습을 보고 대화를 듣는다면, 언젠가 마르가리타가 자기 방에서 울고 있는 걸 보고 엄마가 딸을 위로하기 위해 했던 말을 떠올릴 수 있을 것이다.

"얘야, 너희는 어려운 시기를 보내고 있어. 바로 성인으로 변하는 나이잖아. 너희가 속한 사회와 현실을 깨닫고 이해하는 나이. 그런데 너희가 보기에 모든 게 무너지고, 모든 게 거짓말 같고, 모든 게 참을 수 없을 거야. 현실은, 다시 말해 아르헨티나의 현실은 우리를 속여 혼란에 빠뜨리고 있어. 너희는 자신을 자주적인 인간이라고 믿고 있는데, 현 상황이 너희의 자립심과 자부심을 의심하게 만들고 있어. 주위에 있는 모든 것이 쩍쩍 금이 가는데, 누가 평정을 찾을 수 있겠니?"

누군가 찻집에 있는 그 두 아이들이 절망에 빠진 어른들처럼 손을 부여잡고 눈이 눈물로 젖은 모습을 본다면, 당시 나라 상황을 보여 주는 한 예로 삼았을 것이다.

찻집에서의 마지막 저녁은 슬픔의 끝이었다. 마르가리타는 울음을 그치지 못하고 돌포의 불행을 한탄했다. 돌포가 마르가리타를 달래는 데 거의 한 시간이 걸렸고, 더 만나지 않는 게 좋겠다고 생각했다.

하지만 마르가리타는 만날 약속을 또 잡았다. 휴대전화로 메시지를 보냈다. 돌포가 떠나는 날이었다. 그날은 평일이어서, 마르가리타는 찻집에서 마지막으로 돌포를 보기 위해 수업을 빼먹고 시험까지 보지 않았다. 비행기가 저녁 일곱 시에 떠날 예정이어서, 열두 시 반에 마르가리타는 늘 앉던 구석자리 탁자를 지키고 있었다. 오랜 시간 기다렸다. 하염없이 울어서, 급기야 종업원이 와서 함께 있어 주었다. 종업원은 눈물을 뚝뚝 흘리며 우는 여자아이를 어떻게 달래야 할지 몰랐다. 그들의 사연과 마지막 만남에서 있었던 일을 모두 듣고 나서, 남자친구는 오지 않을 테니 학교나 집으로 돌아가는 게 좋겠다고 했다.

"많은 남자가 여자친구의 가슴이 갈기갈기 찢어지는 걸 차마 보지 못한단다."

종업원이 던진 이 한마디가 마르가리타에게 탱고의 노랫말처럼 들려왔다. 찻집을 나서기 전, 등에 배낭을 메자 휴대전화에 돌포에게서 메시지가 왔다.

"사랑해."

그게 전부였다.

바르셀로나에 사는 아르헨티나 친구들이 힘닿는 데까지 돌포

네 가족을 도왔지만, 부모님도 돌포도 새로 시작한 삶이 부에노스 아이레스에서의 삶과 다르다는 것을 이내 깨달았다. 빌린 아파트는 작았고, 변두리였으며, 생활수준은 예전에 한참 못 미쳤다. 일자리 문제, 중고차 사는 문제……. 돌포는 향수병에 걸렸다. 마르가리타뿐만 아니라 할머니 할아버지와 사촌들이 그리웠다. 학교에서는 카탈루냐 지방 공식어를 배우는 문제에 부딪쳤다. 이런 저런 문제 가운데에서 돌포는 부모님이 고향을 떠나온 게 실수가 아닌지 종종 자신에게 물었다.

하지만 이제 믹스티스가 곁에 있다. 모든 게 정상으로 돌아가고 있으며, 돌포의 마음은 야간 고등학교 여학생이 차지하고 있다. 돌포는 때때로 그 여학생을 보러 가기 위해 지하철을 탔다. 집으로 돌아가는 사람들로 붐비는 지하철. 과외수업이 끝나거나 운동을 하고 돌아오는 자기 또래 아이들. 분명히 집에 돌아가 돌포가 하지 않는 숙제를 하고, 돌포가 백지로 내는 시험을 위해 공부하고, 오늘 하루 일을 집에서 이야기할 아이들. 돌포 부모님은 집에 오면 너무 피곤해서 거의 말을 하지 않았다. 텔레비전 앞에서 시원한 걸 마시고 자러 들어갔다. 대신 믹스티스와는 자기 문제와 꿈에 대해 완전히 터놓고 이야기할 수 있었다.

지하철을 타고 여자 아이들을 만나러 가는 동안, 돌포는 믹스티스 친구들에게 그날 쉬는 시간에 선생님이 한 말을 전했다. 선생님은 면담을 위해 부모님에게 전화하겠다고 했다. 돌포는 공부를 못했고, 거의 모든 학점을 따지 못했으며, 시험에서 백지를 냈다. 선생님이 말했다.

"부모님이 결단을 내리셔야 해. 학점을 마저 따고 학년을 마치기 위해서 뭔가 해야 하거든."

돌포는 아무 말도 못하고 선생님의 꾸중과 뒤에 있을 부모님의 꾸중을 생각하며 고개를 푹 숙인 채 선생님 말씀을 들었다. 호세가 달랬다.

"야, 다 지나갈 거야."

돌포는 '다 지나갈 거'라고 생각하면 걱정은 안 되지만, 해결책이 아니라는 것을 알고 있다. 어떻게 할 수 있을까? 아무 것도 할 수 없다고 생각했다. 기다리는 수밖에. 상황이 정상으로 돌아올 때까지 기다리고, 부모님이 조치를 취하고 자신이 대책을 세우기를 기다리는 것. 새로운 생활이 제자리를 찾고, 돌포 자신이 미래의 기차는 빨리 지나가고 역마다 오랜 시간 머무르지 않는다는 것을 깨닫기를 기다리는 것이다. 선생님이 말했다.

"돌포야, 지금 기차에 오르지 않으면 너 혼자 승강장에 남게 될 거야. 너네 반 친구들이 자리에 앉아 매우 빠른 속도로 앞으로 나아가는 동안, 너는 오지 않을지도 모르는 느린 기차에 뒤늦게 올라타려고 할 거야."

돌포는 생각했다. '기차!' 땅과 물 위를 자유자재로 달리는 돌포의 기차는 넓고도 넓은 대양을 건너 새로운 나라까지 돌포를 데리고 왔다. 하지만 그 나라에 발을 들여놓는 순간, 돌포 앞에는 많은 장애물이 펼쳐졌다.

믹스티스는 자리를 잡고 앉았다. 그때 한 할머니가 비닐봉지들을 들고 열차 안으로 들어섰다. 걸으려면 지팡이가 필요한 할머니였다. 할머니는 빈자리를 찾았지만 앉을 자리가 없었다. 젊은 아이들이 앉은 곳으로 다가와 양보해 주겠냐고 부탁했다. 아이들 중 셋은 창문 쪽으로 눈길을 피하고, 큭큭거리며 못 들은 척했다. 할머니는 더 사정하지 못하고 발 밑에 비닐봉지를 내려놓고 쇠봉을 잡고 섰다. 그런데 아이들 중 한 명이 한숨을 내쉬더니 벌떡 일어섰다. 돌포였다.

"여기 앉으세요."

할머니는 고맙다고 말했다. 나머지 세 명은 배를 잡고 웃어댔다. 이제는 숨기지 않고 대놓고 웃었다. 돌포는 불편했지만, 마음속으로는 올바르게 행동했다는 것을 알고 있었다. 쇠봉을 잡고 서 있었지만, 친구들의 웃음은 돌포를 부끄럽게 해서 좌석이 없는 입구 쪽 통로로 피해갔다.

* * *

마르셀은 바로 거기 서서 할머니가 지하철에 올라탈 때부터 그 장면을 보고 있었다. 지금 마르셀 앞에는 유일하게 할머니한테 자리를 양보한 아이가 서 있었다. 그 아이는 친구들의 반응에 불편해하는 모습이었다. 마르셀은 할머니가 당황하는 것을 알았다. 할머니는 자리에 앉아 있었지만, 친구를 비웃는 악당들의 웃음소리 때문에 고개를 숙이고 있었다. 자리를 양보한 아이는 바닥을 바라보며 고개를 들 엄두도 못 냈다.

마르셀은 지하철에서 눈길을 끄는 누군가를 볼 때마다 습관처럼 이야기를 상상했다. 다루기 힘든 아이들 패거리, 공부는 안 하고 모든 걸 우습게 여기는 아이들이라고 생각했다. 하지만 그들 중 한 명, 지금 앞에서 발끝을 내려다보고 있는 아이는 지금 당장은 꼬불꼬불하고 장애물로 가득 찬 길을 가고 있지만 그것을 이겨

낼 힘이 있었다.

마르셀은 생각했다.

'이 아이는 다른 애들과 달라. 외톨이가 되지 않으려고, 어떤 무리에 속해 있다는 걸 느끼기 위해 그들과 같이 다니는 거야. 어쩌면 집에 아무도 없을지도 몰라. 하지만 알게 될 거야. 우리 사회에서는 더불어 사는 게 필요하다는 걸 배우게 될 거야. 아이는 착한 마음씨를 가졌어. 하지만 몹쓸 짓이란 걸 알지만 어쩔 수 없이 다른 애들처럼, 아니 더 심한 짓을 하고 다닐지도 몰라.'

다른 아이들은 계속해서 낄낄대고 돌포의 착한 행동을 생각 없이 큰 소리로 떠들었다. 마르셀은 그들이 '돌포'라고 하는 말을 들었지만 어쩌면 '아돌포'일지도 모른다고 생각했다. 아이들은 돌포가 노인에게 친절을 베풀었으니 착한 사람이고, 착한 기독교인이라서 죽으면 바로 천국행이겠다고 놀렸다.

할머니는 노여움과 한심한 눈초리로 그들을 바라보았다. 뻔뻔한 그 패거리의 야비한 행동을 이해할 수 없었기 때문이다. 돌포도 아이들 이야기를 듣다 못해, 가방에서 엠피쓰리를 꺼내고 헤드폰을 썼다. 마르셀은 돌포가 올바로 행동하고 있다고, 음악을 듣는 행위는 자기 친구들에게 그들의 이야기나 행동에 관심 없음을 표현하는 거라고 생각했다.

돌포는 음악과 함께 혼자가 되었다. 자기가 한 행동에 대해 확신하고 당연하다고 여겼다. 돌포는 아이들 패거리에 껴 있지 않고, 혼자 있고 싶어 한다고 마르셸은 생각했다. 다음 역에서 세 아이들은 자리에서 일어나 음악을 듣고 있는 돌포가 있는 통로 쪽으로 가서 장난스럽게 목덜미를 툭 쳤다.

"이제 다 왔다, 천사!"

아이들은 낄낄댔다. 그러자 돌포도 웃었다.

"나 좀 그냥 놔 둬, 자식들."

돌포는 헤드폰을 벗으며 툭툭 밀치는 한 아이에게 말했다. 문이 열리자 네 아이들은 쏜살같이 지하철에서 내렸다.

* * *

마르셸은 영어 학원에서 나왔다. 집으로 가려면 지하철을 타야 했다. 지하철은 마르셸이 무척 좋아하는 교통수단이었다. 많은 사람들을 보고, 어릴 때부터 해 온 놀이를 할 수 있기 때문이다. 그것은 모든 승객들의 삶을 상상해 보는 것이다. 어쩔 수 없었다. 마르셸은 지하철에 올라 눈길을 끄는 누군가를 보면, 그의 이야기를 상상하기 시작했다. 어디서 왔고 바르셀로나에서 무얼 하는지, 성격이 어떻고, 친절한지 아닌지, 너그러운지 구두쇠인지, 똑똑한지 조금 멍청한지 맞춰 보았다. 어디를 가는지, 같이 가는 사람들은 누구인지, 어떤 관계인지, 모르는 그 사람들의 생각까지도 책을 읽듯이 살폈다. 사람들의 모습은 단지 몇 분, 지하철을 타는 잠깐 동안만 보였지만, 그 몇 분 동안 마르셀은 그 사람의 전 생애를 그려 보았다. 그런 상상은 마르셀에게 활력을 주고, 집에 가는 동안 지루하지 않게 해 주었다. 때때로 자기를 뚫어지게 바라보는 다른 사람의 눈길과 마주칠 때도 있었다. 그러면 그 사람도 자기와 같은 놀이를 한다고, 즉 다른 사람의 인생을 점치고 있다고 생각했다. 그러면 눈을 내리깔고 바라보는 걸 잠깐 멈출 수밖에 없었다. 누가 자기가 어떤 사람인지 상상하는 게 부끄러웠기 때문이다.

그런데 바로 그 순간 낯익은 얼굴이 지하철 안으로 들어오는 것이 보였다. 허름한 옷에 신발을 제대로 신지 않은 어린 아이였다. 곧바로 그 아이가 누구인지 떠올랐다. 몇 시간 전 영어 수업을 들으러 갈 때 지하철에 오른 구걸하는 소년이었다. 그때 마르셀은 소년을 뚫어지게 보며 그의 이야기를 상상했다.

'별 우연도 다 있네!'

가슴이 아팠다. 소년은 처음 보았을 때부터 지하철에서 나가지 않았던 게 분명하기 때문이다. 그건 자기가 영어 학원에 가서 두 시간 수업을 들을 동안, 소년은 이 열차, 저 열차를 다니며 사람들에게 구걸했다는 뜻이다. 마르셀은 생각했다.

'난 공부를 하고, 친구들과 이야기를 나누고, 선생님과 농담하며 웃고, 비디오를 보았는데……, 저 아이는, 나보다 더 어리고, 더 허름하고, 틀림없이 더 배고플 저 아이는 집에 가져갈 단돈 몇 푼을 벌려고 쉬지 않고 '일'을 하고 있었구나. 인생은 불공평해.'

소년은 열차가 떠나기를 기다렸다가 아무 말 없이 깨끗한 미소로 사람들을 바라보고 동전 몇 개가 짤랑거리는 폴리우레탄 햄버거 용기를 내보이며 열차의 끝에서 끝까지 다녔다. 사실 사람들은 거의 돈을 주지 않았지만, 소년은 감사한 일을 하고 재미있게 시간을 보내는 사람처럼 지치지 않고 웃었다. 마르셀은 소년의 싱그럽고 눈부신 표정과 지하철 안에 있는 사람들의 표정이 대조를 이룬다고 생각했다.

분명히 그 사람들은 더 돈이 많고, 일자리가 있거나, 학교에 다니고, 살 집이 있고, 그 아이보다는 편하게 살고 있을 텐데 어둡고 지친 표정이었다. 모순 같지만 사실이었다! 사람들은 인상을 쓰고 있었지만, 소년은 신나 보였다!

　열차 안을 다 돌고 나서, 소년은 마르셀 앞 통로에 섰다. 눈길이 마주쳤다. 그러자 소년은 동전 통을 내밀며 흔들었다. 마르셀은 미소지으며, 소년은 그의 재주와 삶에 대한 자세에 대해 상을 받을 만한 자격이 있다고 생각했다. 마르셀은 바지 주머니에 손을 넣어 지갑을 꺼내 1유로짜리 동전을 찾았다. 동전을 찾아 통에 넣자, 소년은 고마워하며 활짝 웃었다. 두 사람은 기분이 좋았고, 계속해서 서로 바라보았다. 소년은 열차가 멈춰도 내리지 않았다. 어쩌면 동냥하며 이 열차 저 열차로 옮겨 다니는 데 지쳤는지도 모른다. 마르셀은 수줍음 많고 내성적인 소년이었지만, 그 소년과 이야기해야겠다는 마음이 들었다.

　'외국에서 왔으니 분명히 내 말을 못 알아들을 거야.'

　말을 걸까 말까 망설였지만, 용기를 내었다.

　"어디서 왔니?"

　소년은 눈썹을 치켜떴다. 낯선 사람이 말을 시켜서 놀란 것 같았다. 얼굴을 찡그리고, 한숨을 푹 내쉬었다. '아주 먼 곳에서……. 이야기하자면 매우 길어요!' 하고 말하는 것 같았다. 마르셀은 어릿광대처럼 표현하는 모습에 웃음이 나왔다.

'이 아이는 매우 영특한 것 같아.'

처음 봤을 때도 그렇게 생각했었다.

"지하철에서 동냥하고 다니느라 많이 힘들지?"

소년은 눈을 동그랗게 뜨더니, 신물 나고 힘들어 죽겠다는 듯 한숨을 푹 내쉬었다. 마르셀은 또 다시 웃었다. 그 애가 귀여웠다!

'카탈란 어도 카스테야노 어도 말할 줄 모르나 봐. 하지만 내 말을 완벽하게 알아듣는지 몸짓과 표정으로 대답하네.'

"두 시간 전에 널 봤어. 여기 지하철에서. 그래서 지쳤을 거라 생각한 거야!"

소년은 고개를 끄덕이다가 점점 고개를 더 흔들며 눈을 접시처럼 동그랗게 떴다. 마르셀은 웃음을 멈출 수 없었다. 다음 역이 자기가 내려야 할 역이라는 걸 깨달았다.

"여기서 내려야 해. 내 이름은 마르셀이야. 만나서 반가웠어."

마르셀은 손을 내밀었다.

소년은 문 위에 붙어 있는 노선표를 보고서, 자기도 다음 역에서 내려야 한다고 손짓하며 마르셀이 내민 손을 잡았다. 그리고는 '티에르'인지 뭔지 그렇게 말했다. 둘은 손을 꼭 잡고 미소지었다. 열차가 멈추고 문이 열리자 둘은 내렸다. 승강장은 완전히 텅 비어 있었다. 시간이 늦을수록 지하철을 타는 사람들이 줄어든다. 마르셀과 소년은 서로 바라보고, 이렇게 말하듯 어깨를 으쓱했다.

'자, 이제 어쩌지! 만나자마자 헤어져야 하네!'

마르셀이 출구 쪽으로 걸어가자, 소년이 입을 열기 시작했다.

"힘겹게 살았어요! 하지만 어쩌겠어요! 운명에 따라야지요!"

소년은 이렇게 말하고 포기했다는 듯 두 팔을 들었다. 마르셀은 소년의 표현에 넋을 잃었다.

티에르는 상대방의 표정을 알아차리고, 마치 모르는 사람을 놀라게 하는데 익숙해서 괜찮다는 듯 짓궂게 얼굴을 찡그렸다. 마르셀이 물었다.

"말 잘하네! 어디서 왔어?"

"일 분 안에 설명하기에는 매우 길어요! 인생을 간추려 말하는데 소질 없거든요! 하지만 여기, 유럽에서는 시간이 돈이라는 걸 배웠지요!"

마르셀은 피식 웃었다.

"부모님은 계셔? 혼자 살아? 어디서 사는데?"

티에르는 마르셀 팔을 잡아당겨 승강장 벤치로 데리고 갔다.

"오 분만 짬을 낼 수 있나요?"

마르셀은 시계를 보고 나서 그렇다고 했다. 그래서 둘은 나란히 앉았다.

"전 머나먼 마을에서 왔어요. 어떤 나라에 있는 마을이냐고요? 알바니아요. 알바니아가 어디 있는지 아세요?"

"응, 대충."

"그러니까 전 알바니아 사람이에요. 조금은 이탈리아 인, 조금은 스페인 인, 하지만 특히 알바니아 인이지요. 가족이 있냐고요? 말하자면 이야기가 조금 길지만 대충만 말할게요. 아빠는 농부고 동물들을 가지고 있었어요. 몇 마리냐고요? 조금요. 수가 적고 이상스러웠다는 말이 맞겠네요. 돼지 한 마리, 수탉 한 마리, 산양 한 마리……."

티에르는 손짓발짓을 해 가며 이야기를 했고, 마르셀은 놀라서 입이 딱 벌어졌다. 티에르 이야기를 듣고 있자니 열차가 지나가듯 몇 분이 후딱 지나갔다.

인생은 길고 열차처럼 수많은 칸으로 이어져 있다. 철로는 얽혀 있는 미로라서, 때로는 만나고 때로는 헤어진다. 사람들과 그들의 인생도 똑같다. 때로는 거짓말 같은 일과 꾸며 낸 듯한 이야기들

이 현실로 나타난다.

마르셀은 그런 생각을 하며 티에르 이야기에 푹 빠져 들었다. 처음 지하철에서 구걸하는 모습을 보면서 상상했던 것과 딱 맞아떨어지는 이야기. 진짜인지 아닌지 알 수 없는 이야기. 나중에 새로운 만남으로 이어질지 아닐지 예측할 수 없는 대화. 그 시간과 그 장소, 바르셀로나라는 도시의 이십 미터 땅 밑에 있는 지하철역 벤치라는 우연성. 누군가 말하고, 다른 누군가 들어주는 이야기. 누군가가 생생하게 겪고 다른 누군가에게 전하는 경험담. 감정과 말의 나눔.

이와 같은 사람들의 삶의 이야기가 우리가 살기로 작정한 도시의 지하 혈관을 흐르는 피 속에 있는 수많은 적혈구이다.

지구촌아이들

세상을 바꾸는 작은 이야기

지구촌 아이들

초판 1쇄 펴낸날 2012년 11월 5일
초판 5쇄 펴낸날 2021년 5월 20일

지은이 앙헬 부르가스
그린이 이그나시 블란치
옮긴이 배상희

펴낸이 이종미
펴낸곳 담푸스
대표 이형도
등록 제395-2008-00024호
주소 경기도 파주시 회동길 363-8, 304호
전화 031)919-8510(편집), 031)907-8511(마케팅)
팩스 070)4275-0875
메일 dhampus@dhampus.com
홈페이지 http://dhampus.com
인스타그램 @dhampus_book

책임편집 정은아
마케팅 최민용
디자인 조성미, 박정현

책값은 뒤표지에 있습니다.
잘못 만든 책은 구입하신 서점에서 바꾸어 드립니다.

ISBN 978-89-94449-23-4 43870

이 도서의 국립중앙도서관 출판시도서목록(CIP)은
e-CIP홈페이지(http://www.nl.go.kr/ecip)와 국가자료공동목록시스템
(http://www.nl.go.kr/kolisnet)에서 이용하실 수 있습니다.
(CIP제어번호: CIP2012004706)